翠玉姫演義
—宝珠の海の花嫁—

柊平ハルモ

富士見L文庫

目次

――その花嫁は、海を黄金に変えた。

序章

「……これが、馬家の花嫁か」

不自然なくらい、押し殺したように低い声の男が、呟いている。

もったいぶるかのように、御簾越しに。

後宮の妃たちでもあるまいし。

――……南の人間にしては、中原の貴人たちみたいな言葉を使うのね。

赤に金で比翼連理を描いた、絹の花嫁衣装を身につけ、金や宝玉に飾られた花嫁のための冠を身につけたままの姿で縄を打たれた苑香月は、小さく首を傾げた。

故郷の言葉を聞いて懐かしいなどと、悠長なことが言える状態ではない。

そして、こんなときだというのに、話す相手のことを知ろうと考えている自分が、ちょっとおかしかった。

身についた習性というものは、ひょっこり顔を出してしまうもののようだ。

「おおよ、頭目」

最終的に香月に縄をかけ、この船へ……──海賊船に連れ去った男が、誇らしげに言う。

彼は、南のなまりが丸出しだ。

──というよりも、頭目とやらだけが中原の人間で、他は南の人みたいね。……ひとりだけ、中原だとか南だとか、そういう話がどうでもよくなるような人が交ざっているけれど。

香月の興味を引いたのは、黄金色の髪をした長身の男だ。海賊だけあって日には焼けているけれども、根本的な肌の色が違う。

──きっと、本当は真っ白に違いないわ。かつて栄えた官窯が生み出した、磁器のように。

歐州の人なのだろうと、香月は考える。

この惠(けい)の国の大きな都市、特に沿岸部では、色合いの異なった姿形を持つ人々の存在は、珍しいものでもなかった。

海の外から、様々な国の人々が押し寄せてくる。

今にも崩落していきそうな、あばらやより脆(もろ)い、この国へと。

「ああ、よくやった」

頭目と呼ばれる男が、もったいぶった言葉をかける。

「これで、身代金を奪えますな」

香月を捕らえた男が、嬉しげに言う。

――それは、どうかしらね。

香月は、冷めた思いで男たちの会話を聞いていた。

世の中、そうそう上手い話はないと、彼らも近いうちに思い知るだろう。そのとき、おそらく香月も無事ではない。

「褒美に、花嫁が持っていた香炉をおまえに与える」

頭目の言葉に、香月ははっとした。

その香炉というのは、香月が捕らえられたときに、神の中に隠していたものだろう。賊に船が襲われたと聞いたとき、香月が咄嗟に所在を確かめたのが、その香炉だった。万が一のことを考え、あれだけは肌身離さずに身につけておこうと決めたのだ。

――あの香炉を、部下の褒美に与えるですって？

信じられない言葉を聞いてしまった。

香月の顔から、ざっと血の気が引いていく。

そして、衝動のまま、思わず彼女は叫んでいた――。

「なにしてるのよ、あなた！　あれは私の嫁入り道具の中で、一番価値のある翡翠の香炉よ。簡単に、部下に下賜していいものではないのよ。私が十人は買えるわよ！」

第一章　花嫁は死んでもいい

「三小姐、ごらんください。四美島ですよ。この島を過ぎれば、まもなく丁波の港が見える頃合いです」

都のある中原を遠く離れ、海路を行く帆船は、この恵の国の南部で最大の港と言われている丁波を目指していた。

「……まもなくって、まだ半日はかかるでしょう？　到着は、今日の夕方だと聞いているわ」

侍女に手を引かれて、船の甲板に出た苑香月は、小さく息をついた。

「でも、四美島といえば、姿かたちが美しいと国中の評判ではありませんか。見なくては損ですよね」

寧々という愛称で呼ばれる侍女は、香月の腕を支えるように、甲板のへりに連れていこうとする。

「そうね。二度と、海路を旅することなんてないし」

小さく溜息をついた香月は、肩を竦めた。

「……花嫁衣装のまま、海を眺めるなんてことも、二度とないでしょう」

香月が身にまとうのは、紅の絹織物で仕立てあげられた、豪勢な花嫁衣装だった。金では比翼連理が刺繡されている。夫婦いつまでも仲むつまじくという祈りをこめられた、意匠だった。

——いつまでもと言ってもね。相手が八十歳の老人では、先が知れていると思うけれどね。

口には出さないが、香月は皮肉めいたことを考えていた。

香月の夫として、父が選んだのは貿易商の馬大人。香月は彼の、第八夫人として迎えいれられる。

八は繁栄を意味する数字であり、香月の父は馬大人の八十の賀に、長寿を祈る意味で香月を差し出した。

香月の父、苑大人も貿易商だ。馬大人は父とつきあいが深く、南から来る倭寇たちとも渡り合っている大富豪だった。南方の珍しい財を手に入れて商売するには、父にとって失えない相手でもあった。

宮中にも出入りする御用商人である父もまた、豪商のひとりだ。香月は、彼の第五夫人李春雨（りしゅんう）の娘であり、苑家の三番目の娘だ。

しかし、さまざまな事情から家では厄介者扱いであり、まともな縁談が来ることもなく、二十歳はとうに過ぎてしまった。

その結果が、大富豪とはいえ八十歳の老人の第八夫人という第二の人生――。

香月が乗せられた船は、馬家の所有物だ。交易の積み荷と一緒に、香月は海路を何日もかけて、夢も希望もない新婚生活への旅の途中だった。

「こんな綺麗（きれい）な花嫁さまですもの。港につくまで舳先（へさき）にいれば、馬家からの迎えの皆さま歓声を上げてお出迎えになりますよ」

寧々は、香月の気を引き立てるように、明るく声を弾ませる。

恵の国においての婚期はとうの昔に過ぎているとはいえ、夫は八十歳を過ぎた老人だ。

寧々は香月に同情して、必死に明るく振る舞っている。

そして、どうにか香月の気を引き立てようとしているのだ。

「そんなことをしたら、馬大人に追い返されそうね。女が大勢の前で顔をさらすなどと――」

窘（たしな）めるように言いつつも、寧々の気持ちは嬉しかった。

――いい子ね。

香月は、ふと微笑む。

とうの昔に、香月は幸福とは縁が切れている。

対価は『命』だ。

だから、八十歳の老人の側室になろうとも、悲観することもない。

――でも、問題になるのは馬大人の寿命がつきたあとよね。厄介者とはいえ、私も苑家の娘。

惠の国では、いくら立場の弱い側室だからとはいえ、転売されるとは思わないけれど。

とはいえ、側室となると、女性は家の財産だと考えられているふしがある。夫人の一人と教えられる主人亡きあと、使用人であり、財産でしかない。

折り合いの悪い正妻に、売り飛ばされた側室の悲劇なんて話も、聞かないことではなかった。

もっとも、たいていの家は体面を大事にするし、そんな極端な話は、よほどの事情がないかぎり、起こりえないけれども。

――私は悪運引き寄せる力が強いしね。どうなるかわからないわ。物語でも聞かないような、悲惨な目に遭うかもしれないし……。まあ、馬夫人も八十歳近いという話だから、いまさら私が嫁いだところで、憎まれるという話もないと思うけれど、これぱかりはわかんないわよね。

正妻よりも、他の側室との関係でぎくしゃくすると面倒だ。そう、香月は考える。馬家には側室の人数が多い。たしか、香月と年がそう変わらない人もいるはずだ。上手く、つきあっていければいいのだが。

都で生まれ育った香月は、南に知り合いもいない。家からつけられた侍女は寧々だけになる。

彼女は、香月が馬家に慣れた頃には、中原に戻る予定だった。

寧々はしきりに申し訳ないと言っていたが、香月としてはそのほうが気楽だ。どう考えても将来のない、香月の新婚生活につきあわせるのは、あまりにも申し訳がなかった。

この旅が終わったら、香月は屋敷の外に出ることすら、ままならなくなるだろう。

――この海を見られるのも、きっと最初で最後だわ。

心を躍らせて景色を眺める気分にはなれなくても、二度と見られない景色なのだと思うと、見過ごすのも惜しい気がした。

南航路でもっとも美しい島と謳(うた)われる、四美島。その島影に、香月は視線を投げかけた。

――あら。

香月は目を眇(すが)める。

鮮やかな緑の島に、影がよぎった気がする。

「三小姐、どうされました？」

「いえ、今、なにか……」

どういうわけか、その影のことが香月は気になって仕方がなかった。

思わず目で追うと、影は見る見るうちに大きくなっていく。

――船？

香月は小さく首を傾げる。

香月の乗っている、商船としてごく普通の形状をした馬家の船とは、まるで形が異なっている。

――先がすごく尖(とが)っていて、細くて……。それに、船の帆もとても斜めだわ。波を割くように、動きも速い気がする。

じっと、香月は船を見据える。

――それに、あれは何？　この船に向けられている、大きな筒……。

身じろぎひとつせず、港でも航路でも見た覚えのないかたちの船を、香月は観察する。

もともと、好奇心は強い。そうしないと、生計が立てられなかったという事情も、あるのだけれども。

「苑三小姐、こちらでしたか……！」

慌てたように声をかけてきたのは、この航海の責任者だった。彼は李小成(りしょうせい)という名で、馬家から使わされた迎えの使者だ。

男性の前ということで、咄嗟に香月は扇で顔を隠した。

苑三小姐と呼ばれる立場である以上、いくら窮屈さを感じていても、ばかばかしいと思っていても、最低限の行儀作法からは逃れられない。

「どうしました？」

香月のかわりに、寧々が彼に問いかける。

「船の速度を出します。どうぞ、船室にお戻りください！」

「……なにがあったんですか」

寧々に返事をさせるべきだとわかっていても、思わず香月自身が問い返していた。大富豪の令嬢としての対面を保つよりも、起こってしまったらしい緊急の事態を把握することのほうが大事だ。

「海賊です！」

小成が絶叫する。

それと同時に、どんと鈍い音があたりに響いた。

＊　＊　＊

――自分で言うのもなんだけれど、結局私って、不幸を引き寄せる体質ってことなんじゃないの？

小成に促され、寧々と一緒に香月は船室に隠れた。しかし、隠れていることが得策かどうか、香月は疑わしく感じている。

「三小姐……。私たち、どうなってしまうんでしょう」

怯え、震えている寧々の肩を、香月は抱いた。

「海賊が撃退できることを、祈るしかないわね。あるいは、海岸の警備隊が助けにきてくれたらいいのだけど……。たしか、このあたりの海は、南海王府のものよね」

香月は思案にくれる。

怯えている寧々を励ましてはみるものの、香月だって海賊と遭遇した経験はない。当然のことながら、どう対処するのが正解だなんて、わからなかった。

――金品を渡すだけで、引いてくれたらいいけどね。あちらの船は、大きな武器を持っているみたいだし、動きも速かった。掴まっちゃったら、逃げるのは難しそうだし、助けが来ることを期待するのは楽観的すぎる。

恵の国は広大な支配領域を誇る大国で、都のある中原も栄えている。

だが、その栄華の花は、爛熟（らんじゅく）し、今にもはらはらと花弁がこぼれていきそうなあやういものでもあった。

北方の山岳地帯からも南の海からも、蛮族が押し寄せてくる。それだけではなく、各地方を統括する王府が機能を果たさず、特に南部は無法地帯になっていることがよく知られていた。

もっとも、それこそ商売の好機だと香月の父は考えているし、ゆえに馬大人と縁を結ぶことを望んでいるのだが。

――たしか、南の島のほうからは、欧州の船も乗り入れてきていると聞くわ。海って、本当に世界中につながっているのね。

その広大な海のただ中で、香月は死ぬことになるのだろうか。

――どうせ、この先生きていても、夢も希望もないけれど……。でも、こんなところで死ぬのも嫌よ。寧々を私につきあわせるのも、不本意だわ。

寧々は、あどけない表情で香月を見上げてきた。

「王府の兵隊さんたちが、助けに来てくれますか？」

彼女には、まだ夢も希望もある。そう、香月は思った。こんなふうに、期待に縋りつくような顔をしている。

「……大丈夫。あなたは私が逃がしてあげるから」

「三小姐を置いて、逃げることなんてできません！」

「でも、海賊にとって価値があるのは、身代金がとれる私のほうなのよ。そんな私に、あなたまでつきあうことはないの」

きっぱりと言いながら、香月は思案を巡らせる。

いったいどうしたら、この侍女だけでも助けることができるだろうか。

――海の上というのが、圧倒的に不利だわ。近くに島はあったものの、寧々は泳げないだろうし。この船に、小舟があれば、それに乗せて逃がすことはできるかもしれないけれども。

これまでの人生は、狭い世界で生きてきた。そんな香月だから、思いつく案もたかがしれている。

自分が歯がゆい。

――海賊相手に、直接交渉するしかない？

香月は眉を寄せる。

自分はおとなしく囚(とら)われるから、寧々だけでも逃がしてほしいと、嘆願するのが一番の道だろうか。

――なんてこと。上手(うま)くいくっていう予測が、まったく立てられない。すごく、絶望的な気持ちになってきたじゃない。

苦笑いするしかない。

自分たちの命は、もはやこの船を荒らす海賊に委(ゆだ)ねられたも同然なのだ。

香月がそっとくちびるを嚙(か)みしめた、そのとき――。

「……っ！」

大きな物音がして、寧々が悲鳴を上げかける。

香月は慌てて、彼女の口を押さえた。

しかし、それは無駄な努力だ。

「……おお、こんなところに花嫁がいるじゃねえか」

鉈(なた)で船室の扉は大きく裂かれて、ひとりの男が入ってくる。日に焼けた顔色に、刀傷。

問うまでもなく、彼は海賊の一員だろう。

「いかにも、私は苑家の娘です」

寧々を背中に庇(かば)うように、香月は前に出る。

「あなたは、私に用があるようですね」

「気丈なお嬢さんだな。……まあ、いい。ついてきな。あんたの父親と旦那には、身代金をたんまり請求させてもらう予定だ」

「……身代金」

小声で呟いた香月は、思わず笑ってしまいそうだった。

でも、慌てて神妙な顔になる。

——身代金、ね。

おめでたい話だ。

そんなものが、易々と手に入ると考えているのだろうか？

寧々だけでも逃げてもらいたくて、身代金をとれるのは自分だなんて言ったが、あれはまやかしだ。

寧々はそれほど、自分に価値があるとは思っていなかった。

そう思うものの、あえて口には出さない。

この場で殺されずにすみそうなのだったら、せめて高く自分を売りつけるに限る。

「あなた方に従います。でも、かわりにこの娘に危害を加えないでください」

「使用人を庇うのか。優しい花嫁さんだ」

男は値踏みするように、香月と寧々を見つめる。

「三小姐……」

震えながら、寧々が身を寄せてくる。

「しっ、寧々。静かに、この場は従いましょう。……彼らが船室を回りはじめたということは、おそらくこの船で戦えるような人たちは、もう……」

冷静に呟きながら、香月はくちびるを噛みしめる。

こうしてじっとしているだけで、血の香りが漂ってくる気がする。

——まずい。

足下が、ぐらりとたわんだような気がする。

血は苦手だ。

遠い記憶を、思い出させる。

「三小姐……！」

「大丈夫よ。寧々、私を支えていて」

「は、はい！」

寧々は香月に抱きついてきた。

そんな彼女の肩をしっかり抱くことで、香月は自分を取り戻そうとする。

——落ち着かなくては……。のんきに倒れてる場合じゃないのよ。この場をどうにか切り抜けて、せめて寧々だけでも逃がさなくちゃいけないのだから。

寧々の体温をたしかめながら、香月は深く息をつく。

早鐘のような心音は、どうしても宥められそうにない。

それでも、この場を切り抜けるためには、怯えて震えるのではなく、考えなくてはいけなかった。

手も足も動く。頭は働いている。それならば、好機は必ず巡ってくるだろう。

諦めさえ、しなければ。

——私ひとりなら、どうなってもいい。寧々を助けなくちゃ。

まだ、期待を忘れていないような子を、死なせたくはなかった。

——私は死んでも構わないけれど。

第二章　海賊と花嫁

金襴緞子(どんす)の花嫁衣装に身を包んだまま縄を打たれ、侍女を従えたまま、香月(こうげつ)は海賊船に身柄を移された。

馬(ば)家の商船と違い、やけに長細い船体のせいか、今の香月の状況ゆえか、やたら息苦しさを感じる。

寧々(ねね)は、先ほどから泣きじゃくっていた。

そんな様子を見て、海賊たちが呟いている。

「おい、本当にこっちが苑(えん)家の令嬢か？　そのわりにはふてぶてしいな」

「泣いてるほうが本物じゃないか」

「しかし、中原(ちゅうげん)一の美女っていうと、たしかにこっち……」

「噂だけとか」

「うむ……」

「……私にも侍女にも失礼なことを言わないで」

香月は眉間に皺を寄せる。

「それに、身代金をとるなら、私ひとりで十分なはず。侍女は陸に帰してちょうだい」

「い、いけません。三小姐！　私ひとり助かるわけには……！」

「冷静になって。ふたりとも助からないより、ひとりでも助かるほうがずっとマシなんだから」

縋りついてくる寧々を、香月は冷静に窘める。

そして彼女を背に庇うように、海賊に言った。

「いくら海賊とはいえ、罪もない娘を殺したりしないわよね？　人買いに売ったりしなくても、私ひとりの身代金で、十分おつりが来るはずよ」

この香炉もあるしね、と。袖の中の重みを確認しつつ、香月は心の中で呟いていた。

いざとなったら、これを売りさばくことで得られる対価と、寧々を引き換えにできないだろうか。

「……おまえらをどうするかは、頭目が決める」

香月を、海賊はもてあましているようだ。

どことなく、気圧された表情になっている。

――どうせ、私はどこに行っても厄介者よ。……厄介者だからこそ、できることもあるのだけれど。

香月は内心、肩を竦めていた。

勝負するときは、勝利条件を決めておく。

今回の勝利条件は、寧々を無事に陸へ帰すこと。

その目的だけは見失わないようにすれば、それだけで勝率というものは上がっていくはずだ。

これまでも、ひとりで切り抜けてきた。

だから今回もきっと、ひとりでどうにかしてみせる。

……そして、香月は海賊の頭目の前に引きずりだされた。

略奪の戦利品として。

ところが、この戦利品には、目も口も頭もあったのだ。

＊　＊　＊

「これで、身代金を奪えますな」

「褒美に、花嫁が持っていた香炉をおまえに与える」

「なにしてるのよ、あなた！　これは私の嫁入り道具の中で、一番価値のある翡翠(ひすい)の香炉よ。簡単に、部下に下賜していいものではないのよ。私が十人は買えるわよ！」

しんと、座が静まりかえる。

──しまった。

香月は、思わず天を仰ぐ。

つい、地が出てしまった。

荒くれた海賊たちに、動揺が走っている。わけのわからない生きものが傍にいることに突然気づかされたような、ぎょっとした目つきが香月へと向けられた。

——悪かったわね、男の仕事の会話に口を挟む、躾の悪い女で。

たびたび言われてきた陰口を、そっと胸のうちで香月は呟いた。

でも、黙っていられなかった。

香月が大事に隠していた、翡翠の香炉。それを、海賊の頭目は、よりにもよって部下に与えようとしたのだ。

——信じられないわ。なんという笊商売してるのよ……！

そう思った途端、香月の頭からは自分が囚われの身だという現実が、吹っ飛んでしまっていた。

——やっちゃった。

反省はしている。

だが、後悔はない。

豪商の娘としてではなく、自分の手で商いをして、生計を立てていた身として、どうしたって見過ごせなかったのだ。

やがて、御簾の向こう側から、静かに声が聞こえてきた。

「馬家の花嫁よ」

「……なによ」

返事をしたあとに、香月は気がついた。

「どうでもいいけど、その呼び方は正しくないわね。あんたたちに囚われた今、私はもう馬家の花嫁たる資格を失ったも同然。苑の三小姐よ」

香月は、なかば開き直っていた。

態度も自然と、ふてぶてしくなっている。

「もっとも、馬大人も体面があるだろうし、手打ちできる程度の額の身代金ならば支払ってくれるでしょうけどね」

「……深窓の令嬢とは思えない、判断力だな」

「褒めてもなにも出ないわよ」

香月は溜息をつく。

実際のところ、香月は深窓の令嬢みたいな暮らしはしていなかった。

自分の本名は名乗っていなかったけれど、花街にだって出入りしていたくらいだ。

そう、そこに商いのタネがある限りどこにだって行ける。

「おまえ、名は？」

戦利品に対して、なにを思ったのか、海賊の頭目が名前を尋ねてくる。

苑家の娘ということがわかっていれば十分なはずなのに、まるで香月個人に関心を持ってしまったかのように。

「あなたに嫁入りするわけでもないし、教えなくてもいいでしょう」

「……女は慎み深く家の奥で暮らし、男の財産でしかない。……だから、夫や家族でもないかぎり、本名は教えてはならない、と」

小さく、男は笑った。

「苑家は随分型破りな娘を育てたようだと思ったが、人並みの婦徳は教えられているというわけか」

「そうね。躾が行き届かず、ごめんあそばせ」

香月は、つんとそっぽを向く。

「おい、貴様、頭目に対して、その態度はなんだ！」

香月の態度に虚脱状態だった海賊たちが、我にかえったようだ。

四方八方から、怒声が飛んでくる。

——殺されるのかな。まあ、普通に殺されるだけなら、儲けものかもしれないわね。嬲りものにされたら、どうしましょう。

のんきに考えているわけじゃない。

でも、現実が薄布の向こう側のように感じられはじめる。

刃物の光を見ると、鼓動が早くなる。

遠い昔の恐怖が、蘇る。

それに切り刻まれることの、意味を知っていた。

でも、怯えて逃げ出すより先に、心が硬く凍りついていく。

まるで、金剛石のごとく。

――あのとき、死ぬべきは私だった。だから、いつ死んでもいい。それが、たとえ今だったとしても。

香月は、御簾を睨みつける。

――でも、寧々の無事を確保しなくては。どうしたらいいのかしら。

香月は、必死で頭を働かせる。

集中していると、恐怖すら薄れていく気がした。

「……やめろ、おまえたち。女を威嚇するなんて、みっともない」

御簾の向こう側から、冷静な制止が入る。

「しかし、中原広しといえど、こんな珍しい女はそうそういないだろう。おまえ、本当にあの豪商の苑家の娘か」

御簾の中の声までも、疑いを持ち始めている。

「連れている侍女が、本物の苑三小姐ではないのか？」

部下と同じようなことを、頭にまで言っている。

香月は、小さく笑った。

「あいにく、私が本物よ。苑家の娘とはいえ、外で育てられた厄介者だもの。生計だって、自分で立てていたわ。豪商の娘らしくなくて悪かったわね。でも、まともな娘なら、八十歳の老人の側室に差し出されるわけないじゃない」

「……なるほど」

海賊の頭目は、香月の言葉を信じたようだ。

「わけありの娘か。状況を考えあわせると、嘘はなさそうだな」

「……」

わけあり。たしかに、そう表現するしかないだろう。

香月は豪商の娘でありながらも、その恩恵を受けることなく生きてきた。むしろ、豪商の娘に生まれたゆえに、母親と死に別れる羽目になったとも言える。

その話を、海賊たちにするつもりはないのだが。

「……あんたも、わけありの海賊なの？」

香月は、静かに問いかける。

「なぜだ」

「だって、欲を感じないもの。あの香炉の価値がわかっていないだけかもしれないけれど……。いくらなんでも、見れば翡翠とはわかるでしょう？　海賊をやっているのに、翡翠の塊をあっさり人に渡すなんて、欲がなさすぎるわ。海賊やる以外の目的があるのか、それとも海賊に慣れていないのかわからないけれど」

「……なるほど、一本とられたな」

香月の言葉に、御簾が揺れる。

海賊の頭目が、少し身を乗り出してきたようだ。

「だが、それでわけありと断定するのは弱い」

「あなたの言葉は、中原のものよ。しかも、上流階級の言葉遣いだわ。南では珍しい」

「……これは、なかなか面白いお嬢さんだ」

そう言ったのは、西方から来たらしき容姿の男だった。

「私の存在ではなく、烈英(れつえい)の言葉遣いに注意を払うとは。たいした観察眼ですね」

「あなたみたいな人のことは、私は見慣れているもの。中原では珍しくないと言ったら嘘になるけれど、見かけなくはないわ」

「なるほど。……賢いお嬢さんだ」

くくっと、白皙（はくせき）の男は笑う。

「客商売をやっていたから、人を見る目はあるの」

「商売か……。あなたは、私たちに必要な人材かもしれない」

白皙の男は、御簾に声をかける。

「なあ、そう思わないか？　我々の船に、今までいなかった人材だ」

「……ああ、否定しない」

御簾の中から、笑みまじりの同意の言葉が聞こえてくる。

「なあ、おまえ。侍女を解放してやるから、俺たちの仲間にならないか？　しばらくの間で構わないから」

「……！」

香月は目を丸くする。

今度は、香月が驚かされる番だ。

「……あなたは何を言っているの？」

「商いの心得とやらが、俺たちにはないからな」

御簾が、大きく揺れる。

御簾を掲げ、とうとう海賊の頭目と呼ばれた男が顔を出した。

細面で、長身の美男子だ。

潮風に吹かれ、肌は焼けているものの、貴公子のような顔立ちには変わりがない。一目で、身分ある男だということはわかった。

笑みを含んだ眼差し（まなざし）は、驚くほど屈託がない。

「わけあり同士、仲良くしようじゃないか」

にっと、男は笑う。

「俺の名前は、烈英。よろしく」

懐かしい、故郷の言葉で彼は手を差し伸べてきた。

第三章　手の鳴るほうへ

「……私に、海賊になれっていうこと？」

「おまえの、身代金が払われるのを待つ間だけでいいさ」

手をとれという意味で差し出されたそれを、じっと見つめるだけの香月（こうげつ）に、烈英（れつえい）と名乗った男が怒る様子はなかった。

「俺たちに協力するのなら、おまえの望みは叶（かな）えようじゃないか」

「私の望み？」

「侍女を、陸に帰したいんだろ」

「……そうね」

小さく、香月は頷（うなず）いた。

「いけません、三小姐（さんしょうしゃ）！」

香月とは別に、男たちに取り押さえられていた寧々（ねね）が、声を張り上げた。

「私は、三小姐を置いて、この船を下りたりしません。最後までお供します！」

「そうはいかないわ。……それでは、私は私自身を許せなくなるもの」

香月は小さく息をつく。

「寧々の安全を確保するとは、本当ね？　いっておくけど、陸に放置してそれっきりだなんて、許さないわよ」

「中原（ちゅうげん）についてのある船に、路銀を持たせて乗せようじゃないか」

「必要ありません」

寧々は、きっぱりと言う。

「どうせ、私は行くところなんてないもの。……三小姐に拾っていただけなかったら、早々に自害していたでしょう」

「……寧々、落ち着きなさい。この海賊たちは、私に用があるらしいの。それに、身代金も欲しいみたいだから、私は大丈夫。でも、あなたは違うでしょう？　だから、安全が確保できるうちに――」

「でも、三小姐が無事にすむとは限らないじゃないですか」

「それでも、この人たちが誓いを果たすことを信用するのが大前提になるのよ。……ここは、船の上なんだし」

「まあまあ、待て」

一歩も引かない香月と寧々の間に、烈英が割って入った。

「おまえたち、二人揃って、結構な頑固者だな。……まあいい。それでは、寧々とやらを先に陸に下ろすのではなく、おまえとともにこの船の客人として迎え、かわりにおまえが俺たちに協力するということで、どうだ？」

烈英の言葉に、寧々は表情を輝かせる。

「それなら、納得します。でも、三小姐おひとりに責を負わせるなんて……」

「侍女ならば、主人を命懸けで守ることで、立派に責を果たしていることになるじゃないか」

烈英は、案外柔軟な考え方を示した。

「どうだ、主人のほうは」

「私は、寧々に早々に陸に戻ってほしいけれど……。落としどころは必要かしら」

香月は、小さく息をつく。

「私の名は苑香月。今はあんたたちの奪略品のひとつとして、役に立ってあげようじゃない」

「……名乗ってくれたな」

にやりと、烈英は口の端を上げる。

「身代金と引き換えに、無事に陸に返してやるから安心しろ」

「私の身代金、ね」

香月は小さく息をつく。

「苑家？　それとも、馬家に請求するの」

「生家の苑家かな」

「駄目よ」

香月は、きっぱりと言う。

「苑家にも、馬家にも請求するべきよ。そして、使者に言わせるの。『出した身代金の額は、先方にもご報告しますから』って」

豪商として体面大事な夫と父親。そのふたりを、揃って刺激すれば、身代金を取りはぐれることはないだろう。

そう、香月は思う。

——さもないと、身代金を出し渋りそうなのよね、あの人たち。

香月ひとりのことならいいが、寧々の命もかかっているのだ。ここで、身代金をけちられても困る。

「……おまえ、悪知恵が働くな」

烈英は、目を丸くする。

「あなたたちだって、確実に身代金をとれるほうがいいでしょう?」

「父や夫に対しての孝徳は」

「私は寧々の主として、寧々を守る義務があるの」

「面白い女だ。……いや、それだからこそ、頼みたいことがあるんだが」

「話だけでも聞こうじゃない」

「……実は、この船では、細やかな厄介事が持ち上がっている。それを、解決する手段がほしい」

「と、いうと」

「人語を解するネズミの話さ」

そう言うと、烈英は深々と溜息をついた。

＊　＊　＊

「ここが、この船の厨房です」

そう言いながら、香月を厨房に案内したのは、西から来た男だった。

「あなたには第三者的立場で、この船の厨房から食料を盗みだしている輩がいるのか、それとも別の理由ですぐに食料がなくなってしまうのか、判断していただきたい」

「人のものを盗むのが仕事のわりに、自分たちから盗まれることには厳しいのね」

「それが人のことわりというものです」

白皙の頰に笑みを浮かべ、男は言う。

「……あなたは、私のような人間と直接会ったことがあるんですか？」

「あなたのような、というのは？」

「遠い海の向こうから来た人間ですよ」

「中原にいたときに、個人的に恩がある人もいるのよ」

「なるほど。単に見かけたことがあるというよりも、慣れた雰囲気があったのはそのためですか。……ああ、名前を名乗っていませんでしたね。私は、アンドリュー・ジャクソン。この船では、船長の補佐役をしています」

「この国の言葉が上手ね。来て長いの」

「……ありがとうございます」

アンドリューは、思わせぶりに微笑んだ。

香月の言葉には、直接答える素振りもみせず。

――ふーん。

香月は、アンドリューという異国の名を持つ男を、じっと見つめた。

――この人は嘘つきじゃないかもしれないけれど、秘密を持っている人みたい。

たぶん彼は、香月のなにげない質問に、答えたくないのだ。いつこの国に来たかを語りたくないのか、それとも言葉を習得した理由を語りたくないのか。

――「ありがとうございます」ね。副官っぽい立場みたいだし、受け答えもそつないわ。

……言葉は、中原のものじゃない。たぶん、南部に近い……。

アンドリューという男をじっと観察していた香月の心中を知ってか知らずか、彼は厨房の中に声をかける。

香月に、別の餌を与えようとするかのように。

「桃水(とうすい)、少しいいか」

「なんだ、いったい。俺は例の件で、おちおち厨房を離れられないんだが」

「厨房を離れろとは言っていない。おまえの潔白を証明するための、下働きを用意したんだ」

「はあ?」

厨房から顔を出したのは厳(いか)めしい顔つきをした、大男だった。まるで岩のようという表現が、しっくり来る。たくましい腕や首、広い肩幅。見上げるほどの長身で、一騎当千の強者のような外見だ。

「香月、彼がこの船の厨房を預かっている人物です」

「……たくましい料理人ね」

「頼り甲斐があるでしょう？」

アンドリューは微笑むと、香月の背に手を当てた。

「桃水、彼女は香月。身代金が支払われるまで、この船で働くことになるだろう」

「女を船に乗せるのは、気にいらねぇな」

「寄港までは、どうせこの船においておくしかないだろう。彼女は、自分の侍女の身代金を体で稼いでくれるそうでね。例の件を、解決してくれるらしい」

「こんなふうに着飾った、ちっぽけな娘に、なにができるっていうんだ」

じろじろと、無遠慮に桃水に顔を覗きこまれて、思わず香月は顔を袖で隠す。ぶしつけな視線は、気持ちのいいものではなかった。

女になにができると言わんばかりの桃水の視線を、香月は受け止めた。

腹は決まっている。

香月の身代金は、婚家と実家に払わせる。

そして、香月が寧々の身代金を稼ぐのだ。

——できるかどうかわからないじゃなくて、やってやるのよ。失うものなんてないんだから、なんだってできるじゃない。

香月は、真っ直ぐに桃水を見据えた。

「ちっぽけな娘だけれど、第三者ではあるわよ。……あなたが無実だとしたら、私はきっと役に立つわ」

「……おまえが？」

胡乱げな表情で、桃水は香月を見つめる。

「話は聞いているわ。足りるはずの食料が足りなくなって、横流しを疑われているんでしょう？　船みたいな密室空間で、相互不信が芽生えるのは問題よね。犯人は乗員だけ。だから、第三者に判断させることが大事だった。遺恨を、少しでも残さないために」

「ふうむ。まるで、男みたいな考え方をする女だな」

「男も女もないでしょ。……実利的に考えることは、誰にだってできるわ」

香月は、溜息をつく。

そんなことを言っていても、自分が変わり者という自覚はしているのだが。

「さあ、私に厨房を見せて。おしゃべりしている暇はないのよ。あなたたちの首領に、私は恩を売りたいの」

花嫁衣装の重さをうっとうしく感じながら、香月は厨房に入りこんだ。

「……状況を知りたいわ」

狭い厨房を見渡して、香月は眉を寄せる。

お世辞にも、綺麗とは言いがたい。

「食料は、何日分くらい積んでいるの？」

そう尋ねてから、香月は不意に気がつく。

「そういえば、あなた名前はなんだったかしら？」

「蘇桃水」

むっつりと、不機嫌丸出しの表情で、桃水は言う。

「そう。私は苑香月。短いつきあいになると思うけれどよろしくね」

軽く挨拶をした香月を、桃水は不思議なものを見る目つきで眺める。

「……どうかした？」

「いや、変わった女だと思ってな。めそめそ泣いたり、顔を隠したりしないのか」

「時と場合によるでしょう」

「ふうむ」

桃水は首を傾げる。

「まあ、いい。それで、おまえはどうやって、俺の無実を証明してくれるんだ？」

「まず聞きたいんだけど、この船が必要とされる食料って、どう決めているの」

「どうって……。カンだな」

「カン？」

「一応、軍の食料を調達するときの基準に則っています」

アンドリューが、横から口を出してくる。

「……どっちにしたって、計算上のことよね。それで、その基準とやらどおりの食事にしているの？」

「ここは船の上だ。できることには限りがある」

「つまり？」

「適当だ」

「それだけ聞けば十分よ。無実もなにも、そもそも、どれだけ食料がいるかも把握できていないってことでしょ！」

香月は、深々と溜息をつく。

「手厳しい。……ですが、我々も急ごしらえなのでね。厨房の事情などに、手が回っていないんですよ」

アンドリューは気を悪くしたふうでもなく、笑っている。

「そんなこと言っても、食料の計算なんて、基本の基本じゃない。海賊って、船を調達すればいいってもんじゃないでしょ。弾薬の管理なんかはどうしているの」

「そちらは、きちんとしていますよ」

アンドリューは澄まし顔だ。

「……つまり、戦闘する部分以外が適当なのね」

香月は溜息をつく。

——要するに、優先順位が上の部分にしか手が入れられない状態なのか。単にいい加減なのか、海賊団になってから日が浅いのか、それともそもそも海賊団ってそういうものなのか……。

これだけ笊(ざる)会計なら、さぞ取引相手はいい商売をしているだろう。そう、香月は思う。言い値で商売してくれそうだ。

「じゃあ、まずは一日の食事で使う材料を記録するところからはじめなくちゃ。どうせ、そういうこともしていないんでしょ」

「記録するって、どうやって」

「別に難しいことをしろって言ってるわけじゃないのよ。その日使った材料を、帳面に書き留めればいいだけ」

香月は肩を竦める。

「それだけやってくれたら、あとは私が見やすくまとめてあげる」

「そんな余裕は……」

桃水は、渋面になる。

船の上で、いつ戦闘になるかわからないような状況で、そんな悠長なことしていられるかという顔だった。

「冤罪証明したくないの？」

香月は眉を上げる。

「余裕がないなら作ればいいじゃない。……私がひとり増えるんだし」

「おまえ、豪商の娘じゃないのか。厨房なんて入ったこともないだろ」

「あいにく、お姫さま育ちはしていないのよ」

香月は、小さく肩を竦めた。

そして、ひらひらと、桃水の前で手を振ってやる。

「ほら、これが下働きをしたことのない女の手に見える？」

屋敷の奥に籠もっている娘たちの手とは違い、香月の指先には細かい傷がいくつもついている。

寧々には不憫がられていたが、香月としては気にもとめていなかった。

だが、この場では説得力を持つというのがありがたい。

——どうせ、言葉なんて信頼しないでしょ。出会ったばかりの、他人の言うことなんて。

豪商の娘という肩書きだけで、この船の人々からは受け入れがたい存在として扱われる。

その可能性に、早々に香月は気がついていた。

それならば、見てわかる証拠を積み上げていけばいい。

「面倒だなんて言わないでよ。証明するのはあなたの無実。私は、その手伝いをするだけ。……そうでしょう？」

じっと見据えると、桃水は小さく頷いた。

むっつりと、無言。でも、了承さえとれたらいい。頷かせたら、それに忠実な男だろうということを、雰囲気から香月は察する。

「解決出来そうですか？」

アンドリューの問いかけに、香月は慎重に答えた。

「わからない。でも、少なくとも、この厨房でなにが起こっているかは知ることができるはずよ」

「……頼もしい」

アンドリューは、深く頷いた。

香月の返答を、どうやら彼は気に入ったようだ。

「それでは、この場はあなたに預けましょう。香月、結果を楽しみにしています」

「あなたたちこそ、約束は守ってよね」

香月は念を押す。

「……当然です」

アンドリューは微笑みかけてくる。

信頼していいかどうかはわからないが、信頼しないと始まらない。

そう、香月は腹をくくっていた。

「最善は尽くすわ」

そう言ったのは、楽天的に考えてのことではなかった。ただ、やるべきことはやれるはずだとも、思っている。

気楽に請け負えるわけではない。

でも、香月は前向きに考えていた。

どうせなくすものはないもの。怯(おび)えていたって仕方がない。……もう、二度とこういう私には戻れないと思っていたけれど。

小さく、香月は微笑んだ。

こんな状況なのに、笑ってしまうわね。

輿入(こしい)れのために丁波(ていは)に向かっていたときよりも、よほど将来に期待ができるなどと。

＊　＊　＊

「苑三小姐……。香月の様子はどうだ？」

外部の人間に会うときだけは垂らしている御簾（みす）を巻き上げて、烈英はアンドリューへと尋ねた。

「やけに生き生きとしていた。……なかなか、興味深い素材だ」

アンドリューは、楽しくてたまらないという表情で言う。

「生き生き、か。それにしても、あれが中原の豪商の娘というが、本当か？　まるで、間者みたいな観察力だが」

烈英は首をひねる。

あの娘は油断がないというよりも、それが当然だと言わんばかりの顔で、こちらのことをよく見ている。

烈英の知っている名家や富豪の女とは、まったく違っていた。

――そんなに、俺の知っている女たちと暮らしている環境が違うとも思えないんだが。

苑家といえば、中原でも一、二を争う豪商だ。

商家とはいえ、宮廷にも影響力を持つ苑家の娘ともなれば、そのへんの名家の娘たちよりも、よほど他人に傅かれて育つだろうに。

不思議な娘だ。

頭の回転が恐ろしくよいと同時に、なにか破れかぶれで捨て鉢な、凄みのある雰囲気すら感じた。

「たしかに、目ざとい娘だ。この国の特権階級の女たちは家の奥に引っ込んでいるものだと思っていたが……」

アンドリューは、なにか考えこんでいるようだった。

彼の観察眼を、烈英は信頼している。

しかし、そのアンドリューをもってしても、香月という娘のことは、まだ見極められないようだ。

「俺も、婦人は、そういうものだと思っていた。まるで、未知の生き物と遭遇してしまった心地だ」

しみじみと、烈英は呟いた。

少なくとも、烈英は今まであったことのない種類の女、いや人間だ。

「その未知の生き物は、我々の細やかな問題だけでなく、もっと大きなことを解決してくれるかもしれない」

アンドリューは、思わせぶりに微笑んだ。

「彼女は金の価値というものをよく知っている娘だ」

第四章　探りあい

三日間が、必要だった。

それでも、時間が足りないくらいだ。意見に突っ込みを入れられたら、「この日数ででできるかぎりのことをした」と主張するしかない。

「というわけで、桃水は無実よ。計算上の『足りる』は、当てにならないっていう話じゃないの」

香月は紙に書き付けた、厨房の記録を烈英やアンドリューの前に並べる。

「……これは」

アンドリューは、ちらりと香月を見遣った。

「こんな記録方法、どこで学びましたか？」

「中原にいたときにね。材料を管理するのに、ちょうどいいの」

まさか、そこに突っ込みが入るとは思わなかった。

訝しげな表情で、香月は首を傾げる。

「……あなたは、苑家の娘ですよね？」

まるで窺うように……——どこか慎重に、アンドリューは尋ねてくる。

「そうよ、苑家の娘よ。……家の外で、自活していたけれど」

皮肉っぽく、香月は笑う。

「あいにく、深窓の令嬢なんていう、いいものじゃないのよ。私は」

「……おかげで、俺たちは助けられたということか」

小さく、烈英は息をついた。

「アンドリュー、これはどういう見方をすればいいんだ。おまえは、知っているらしいな」

烈英の問いかけに、アンドリューは頷く。

「……ああ。まさか、こんなところでお目にかかるとは思わなかった」

アンドリューは紙の左半分と右半分をかわるがわる指さした。

「こちら向かって左半分が、我々の持っているものの記録……。この場合、食料庫にあった食料ということになる。そして、こちら半分は、実際に使われた分量。……実際は、商取引の記録に使われるんだが」

「応用よ応用」

香月は軽く肩を竦める。

「アンドリュー、あなたは西の島国から来たの？」

「……なぜですか」

香月の問いかけに、今度はアンドリューが訝しげな表情になった。

「私にこれを教えてくれた人が、そうだったのよ。罪ある人を神の子として祭る宗教を、中原にまで広めに来た人だったわ」

「なるほど」

アンドリューは納得したように、頷いた。

「あなたに、この知識を与えたのは、神父ですか。それとも、牧師でしょうか」

「興味ないから、よくわからないわ。……私は師父と呼んでいたの」

父には疎まれた身だ。家族を恋しいとは思わない。でも、生まれ育った中原は、恋しく思っている。

母を失い、ひとりぼっちになったも同然だった香月を支えてくれたのは、中原の隣人たちだった。

その隣人たちの中には、毛色のかわった人々がいた。

国の中央たる中原には、外つ国の人々も訪れる。一般の住民には馴染みのない彼らは、香月を支えてくれた人々でもあった。

「しかし、こんな商人にしか必要がない知識を、どうしてあなたに？」

「理由は簡単よ。私もまた、商人ですもの」

香月は、小さく肩を竦める。

「あなたが、商人……」

アンドリューは、訝しげな表情をする。

それも、当然なのかもしれない。

惠の国で、富豪の娘が働くなどということは、ありえないから。

——嫁き遅れには、嫁き遅れなりの理由があるということよ。

ひそやかに、香月は溜息をついた。

「小間物を作って、売って、生計を立てていたの。だから、商人といってもおかしくはないでしょう？」

香月は、淡々と事実を告げた。

「驚いた？」

「宮中に出入りしている豪商の娘の口から、生計を立てるという言葉が出てきて、驚かない奴はいないだろう」

烈英が、小さく瞬きをする。

「私も、あなたの存在には驚かされてるわよ。まるで、宮中の貴公子みたいなしゃべり方をするんだもの」

張り合っているわけでもないが、香月はちくりと烈英を刺す。

これ以上、自分のことなんて聞かれたくもない。

「……話がずれましたね」

烈英がなにか言うより先に、アンドリューが話を変えてくる。

烈英の身元については、あまり触れてほしくないということか。彼にしては、ずいぶんわかりやすいことをする。

――お互いさまね。

香月としても、あえて烈英のことを追及する気はなかった。

そんなことをしたら、深みにはまって抜けられなくなるかもしれないし。

「とにかく、あなたの出した結論としては、食料の備蓄は誰かが横流しにしているのではなくて、この船で消費されていたと？」

アンドリューの言葉を、香月は肯定する。

「そういうことよ」

「俺はアンドリューと違って、この表の読み方がわからない。説明してくれ」

烈英は興味を持ったらしく、香月の手元を覗きこんでくる。

「この三日間、どれほどの食材を使っているかを記録しながら、料理をしたの。そうすると、案外食料に無駄が出ていることがわかったわ」

「無駄？」

「馬家の船を襲った慰労で、宴会続きでしょう。追加の料理を出すこともあるけれど、食べられない、廃棄分が案外多いのよね。桃水に聞いてみたら、毎回この調子らしいじゃない。食料を備蓄するときに、その廃棄分が計算に入っていないってことよ。……この表のとおり」

香月は、表の向かって左を指す。

「これが、備蓄」

「ふむ」

「こっち側が、実際に食べられたもの。そして、廃棄分」

とんとんと、向かって右の一番下を、香月は指す。

「食料の横流しどうのっていう話はともかくとしても、ここをなくすことを考えないと、もったいないわね」

「うむ、なるほど……。わかりやすいな。これなら、大鵬……、購買担当の者も納得しそうだ」

烈英は、飲み込みが早い。

表向き頷いているというよりも、理解した上で頷いているということが、香月にもわかった。

「それで納得しちゃうの？」

少し意地悪く、香月は問うてみる。

「言っちゃなんだけど、あの桃水っていう厨房の責任者、めちゃくちゃ手際悪いわよ。あれは、材料に無駄が出るはずだわ」

はあ、と香月は溜息をつく。

実のところ、この三日間で何度調理の手出しをしようと思ったか、わからない。

もちろん、自分を連れ去った海賊船の経済状況を改善してやる必要なんて、まったくないのだけど。性分として、見ていられなかった。

「だいたいね、いろんな食材使いすぎ。だから無駄が出るのよ！　もっと調理方法変えて、似たような食材を使い回したほうがいいわね。無駄が出ないし、まとめ買いすれば安くあがるでしょ」

「……おまえ、本当に手厳しいな」

烈英は、小さく笑った。

「事情があるのは、わかるけど」

言いたい放題言っている香月に対して、烈英はまったく気分を害したふうではなかった。

それを不思議に思いつつ、香月は肩を竦めてみせる。

「……へえ?」

「あの桃水っていう人、右手があまり動かないのね。もともとは、厨房に立つような人じゃないんじゃない?」

「本当に、よく見てるなあ」

烈英は、しみじみ感心している。

「……まるで、そういう訓練を受けているかのようだ」

「そういう訓練って、どういう訓練よ」

香月が首を傾げると、烈英は笑っただけだった。でも、彼が随分じっと見つめてくることに気づいて、香月は少したじろぐ。

——あまり、こういう話をしないほうがいい?

へたに、この海賊の事情を勘ぐっていると思われても、面倒だ。

香月は、さっさと本題に入る。

「それはそうと、これで寧々も無事陸に帰してくれるわよね。人買いに売ったりしたら、承知しないんだから」

「安心しろ。約束は守るから」

烈英は、小さく肩を竦める。

「もともと、人買いっていうのは性に合わないんだ」

「へんな海賊ね」

「海賊だって、向いてる商売と向いていない商売があるさ。……それよりも、おまえ、正式に俺の部下にならないか」

烈英は、思いがけないことを言い出す。

「……は？」

香月は、目を大きく見開いた。

「女は船乗りにしないものじゃないの？」

「おまえの思っているとおり、俺たちは訳ありなんだ。……だからまあ、普通の海賊らしくないのは認めよう」

「……」

「というか、おまえは結構、俺たちに興味があるし、心を許しているだろう。さらわれてきた可哀相な私、とも思っていないみたいだな」

「……否定はしないわ」

香月は、じっと烈英とアンドリューの様子を窺う。

彼らは自分の身元を隠している。

それなのに、香月が探りを入れることは、それほど警戒していない様子だった。

しかも、さらってきた女を、仲間に入れようとするとは。

そもそも、惠の国では、男性と女性の領分が、はっきりわかれている。その領分を侵すと、不快な顔をされるのは常だった。

香月が、今までたびたび経験したことでもある。

ところが、この海賊たちは違う。

むしろ、香月を面白がっているようだった。

面白がられるというのも、状況によっては腹立たしいことかもしれない。

だが、少なくとも香月にとっては、「女のくせに」という顔をされるよりも、ずっと居心地がいい。

——おおらかで、思考が柔軟？　それとも単に脇が甘いのかしら。それとも……。

まさか本当に、香月を仲間にしようと思っているのだろうか。

そして、香月が彼らの仲間になるとでも思っているのか？

型破りというより、よほど人が足りないのか。その可能性に思い当たり、香月は苦笑した。

——まあ、足りていたら、こんな茶番みたいな物資横流し騒動が起きないわよね。

香月はあらためて、手元の紙を見下ろす。

たとえばアンドリューならば、時間を割くことさえできれば、この一件は解決できたのではないか。

それが後手後手に回っていたというのは、余裕がない証拠だろう。

「まあ、すぐに返事を寄越せと言うつもりはない」

烈英は、あくまでおおらかだ。

「……なんにしてもご苦労だったな、香月。裏切りものがいないということであれば、これで俺たちも、安心して帰港できるというものだ」

「もしかして、ことがはっきりするまで戻れない状態だったの？」

「横流しがされていたら、犯人が誰であれ、逃亡されたら困るだろ」

「……ふうん」

烈英たちも、なにも考えなしというわけではないようだ。

ただ、やたら思考が柔軟ということなのかもしれない。

「俺たちの拠点に、案内しようじゃないか」

にやりと、烈英は笑った。

そして、付け加える。

「気に入ったなら、ずっといてくれてもいいぞ」

「身代金をとれるまでの間？」

「……いや、おまえなら、仲間として本気で歓迎すると言っているだろう。おまえの頭の回転の速さと、冷静さは買いだ」

重ねて、烈英は勧誘してくる。

これは、本気と考えていいのだろうか。

「わけがわからないわ」

香月は袖で口元を覆う。

――ふざけるなとか、女のくせにとか、絶対に言われると思っていたのに。

こっそりと、香月は息をつく。

その言葉は、散々これまでに自分が浴びせかけられてきたものだ。

今更、腹も立ちやしない。

けれども、その真反対のことを言われた今、思いがけず香月は動揺してしまっていた。

──まさか、認められるようなことを言われるなんて。

胸の奥が、あたたかい。

自分をさらった海賊相手に、こんな気持ちになるなんて、愚かとしか言いようがないのだけれど──。

ほっとしていた。

自分らしく振る舞っていいと言われた気がして。

「すぐに結論を出す必要はないと、言っただろう？　馬家と苑家がおまえの身代金を用意するまでに、まだ時間がかかる。その間、ゆっくり考えてくれればいい」

「……用意してくれたらいいけどね」

ぽつりと、香月は呟く。

正直なところ、香月は自分の未来を悲観している。

物資横流しの件に首を突っ込んだのは、寧々の身の安全を担保できるからだった。

身代金を奪えなかったときに、身の危険にさらされるのは香月も同じ。しかし、せめて巻き添えにしてしまった寧々の無事だけでも確保したかったのだ。

――まあ、でも。私だって、死にたいわけじゃない。ただ、寧々のほうが助かるべきだと思ってるだけで。

香月は、考えこむ。

――考えてみれば、苑大人たちが身代金を用意してくれなかったときのために、私はこの人たちにとって、「重要な人物」になっておくべきよね。

香月の心に、ふと、黒い考えがよぎる。

それは、杞憂に終わらないかもしれない。

苦い予感しかなかった。

香月は、馬家にとっても苑家にとっても、自分がそれほど大事な人間だとは、どうしたって思えない。

＊　＊　＊

軽い衝撃が、船体に走る。

船の揺れが収まってから、香月は寧々と一緒にゆっくりと甲板に上がった。

目の前にあるのは、見慣れぬ島影だ。

——どこを走ってきたのかしら。

囚われて、どれほど時間が経ったのか。とうとう、船は寄港した。ほぼ甲板に上がることはなかったから、この船がどの程度陸から離れたのかはわからない。

今頃、中原でも丁波(ていは)でも大騒動になっているだろうか。

海賊の討伐は、地方を収める各王府の責任で行われるはず。だが、恵の国は既にまともに政(まつりごと)の機能する国ではなくなっている。

——馬大人は南海王府(なんかいおうふ)に顔が利くはずだから、きっと王府に海賊退治を依頼しているだろうけれど……。そもそも、王府の軍隊がまともに機能していたら、海賊が横行するはずもないのよね。

特に南の航路の海賊は、恵の国のものではなく、外つ国からもやってくる。

この事態を重くみた結果、南海王府は王直属の行政官である三司官の首をすげ替えたという噂も聞いていた。

それに、たしか中原から討伐軍を遣わされたこともあったように記憶している。

——たしか、あの討伐軍は失敗に終わった気がする。将軍も行方不明になっちゃったとか……。

香月のような市井の民にも届くほどだから、大事件だったのだ。

惠の国は広大で東西南北四方八方、地域によってまるで別の国のように風土が違う。

当然、特産物も千差万別で、中原の人間としては南が荒れるせいで物産が手に入らなくて困るという話があった。

だからこその、海賊退治というわけだが。

——たしか、南の海は広大で、小さな島が群れになっている場所があると聞いたことがあるわ。

目の前の島も、そのひとつだろうか。

「あれが、俺たちの拠点だ」

いつのまにか、背後に立っていた烈英が言う。

彼はどことなく、ほっとしたような表情をしていた。

この島へと無事に帰ってこれたことを、喜ぶかのように。

「あなたたちの、拠点……」

香月は、島へと視線を投げかける。

——あれは……。

香月は、目を丸くした。

浜辺には、大勢の人たちの姿がある。老若男女問わず、船に向かって手を振っていた。

——どういうこと？

この船の乗員の家族というには、あまりにも数が多い。

「ああ、みんな元気そうだな」

烈英は、表情を綻ばせる。

これまでは、どこか作ったような表情しか見せなかったというのに、まるで別人のように柔らかな表情になっていた。

——この人たちは、いったい何者なんだろう。

あらためて、香月は疑問を抱く。

——……海賊？

その言葉を舌の上で転がす。

でも、しっくりと呑み込むことはできず、湧き上がってきたのは疑問だった。

第五章　あなたに必要な私になる

船が接岸すると、香月たちは屈強な見張りをつけられて、そのまま島へと下ろされた。

「三小姐……。いったい、ここはどこなんでしょう。私たち、どうなってしまうんでしょうか」

「とりあえず、身の危険はないと思うわよ。今は、ね」

怯えたように身を寄せてくる寧々を庇いながらも、香月は油断なく辺りを見回した。

――別に寧々を安心させるための方便だったわけじゃないけれど……。まず間違いなく、危険はないと言ってよさそうだわ。

暴力的な匂いも、殺気も、感じない。

死の空気というものに、香月は敏感だ。

しかし、この空間には、そんな暗い気配が一切なかった。

ほっと、息をつく。

さすがに、香月も緊張していたのかもしれない。

浜辺に出てきている人々の眼差しは、とてもきらきらしている。

家族が無事に帰ってきて嬉しいとか、そういう意味合いとはまた違う、しかし喜ばしい眼差しだった。

――喜んでいるっていうか、期待というか……。ううん、もっといっちゃうと、尊敬っぽいというか……。

ちらりと、香月は傍らを一瞥した。

――寧々を助けたときに、私を見ていた表情に近いわ。

香月は、しばし考えこんでしまう。

――この島の人々と、烈英たちの関係って、いったいなんなのかしら。

烈英は、香月たちに危害を及ぼさない気はする。

でも、安心しきれない。

だから、情報がほしいけれども、予想外の展開が続いていて、どうにも落ち着かなかった。

自分たちの立ち位置がわからないと、足下がおぼつかない。

ふわふわと、波間を寄る辺なく漂っているような心地になってくる。

――私や寧々の命を、烈英が握っている。だから、寄る辺ないのも当然か。

香月は、小さく息をつく。

自分の命運を、他人の手に委ねるしかない。こんな状況では、不安ばかりが募っていく。

だが、悲観してはいない。

――私が烈英にとって、興味の対象になったのはたしかよね。もしかしたら、彼に私自身を、もっと高く売りつけることができるのかしら。

烈英は、香月の価値を認めている。

そして、その価値を高めることは、きっと可能だ。

魅力的な状況だった。

そう思ってしまった自分に気づき、香月ははっとした。

――私ってば、なにを考えているのかしら。

わくわくしている自分に気がついて、香月は呆れる。

――海賊に囚われてしまった、こんな状況で？

生殺与奪を他人に握られているのに、のんきだろうか。

でも、息を殺すように暮らしてきたのに、この船の中では、ある意味自由に動けている。

認められている。

その感覚が、くせになりそうだ。

香月は、小さく頭を横に振る。

甘い誘惑を、断ち切るかのように。

——よけいなことを考えるのは、よしましょう。まず、死なないことが大事よね。人間って、案外、簡単に死んでしまうもの。

香月は気を引き締める。

寧々を陸に帰す。その目標だけは見失わないように……——『誘惑』に負けないように、したかった。

＊　＊　＊

アンドリューが香月と寧々を案内したのは、西平信（せいへいしん）という男のところだった。人に囲まれているというよりも従えているという様子で、彼の態度でなんとなく、その地位の高さを香月は察した。

「彼女は、我々の客人です。丁重に扱ってください。……なかなか、見込みのあるお嬢さんですよ」

アンドリューは、ちらりと香月を一瞥する。

平信は、非友好的態度で香月を迎えいれた。

「ふん……。いつまでだ」

「彼女の身代金が手に入るまでです。なにせ、中原一の大富豪である苑家から、南江一の大富豪である馬家に嫁入りする方ですから、期待できるでしょう」

「なるほど。そりゃいいや」

にやりと、平信は笑った。

彼は、浅黒く、よく日焼けしている。

ちらりと覗いた歯は、ぼろぼろのようだ。

──顔には傷が……。なんだろう、この人も、海賊？

香月は、しげしげと平信の観察をはじめる。

──烈英やアンドリューとは違う……。言葉はたぶん、南のものよね。そして、上流階級っていう感じじゃない。身分低い、あまり楽な暮らしをしていない人たちみたいな、言葉遣いだわ。

平信の体の傷は、桃水のそれを連想させる。

つまりは、戦闘による傷。

陸にはいても、やはり海賊なのだろうか。

──留守役とか？

しかし、それもしっくりは来ない。

「人質か」

にやりと、平信は笑う。

「この嬢ちゃんのおかげで、俺らが食わせてもらえるなら、ありがたい話だ。女仙みたいに、拝まないとな」

「食わせてもらう？」

香月は首を傾げる。

平信の言い方だと、烈英たちの仲間というよりも、まるで養ってもらっているかのようだった。

──いい年した大人が、養ってもらうもなにもないわよね。

香月は、眉間に皺を寄せた。

「……どういうこと？　私の身代金は、烈英たちのものじゃないの。まさか、海賊のくせに義賊を気取っているとでも？」

香月は首を傾げ、単刀直入にアンドリューに尋ねる。

すると、さすがに彼は面食らったような表情になった。

「義賊気取りとまで言いますか」

「悪い？」

香月は首を傾げる。

まったくの個人的感情だが、香月はいい年して他人に養われる相手を、よく思えないでいた。

……それが、ある意味、自分自身への怒りゆえだという自覚も、あるのだったが。

「良家の子女は、もっと持って回った言い方をするものだと思っていました」

特に気を悪くしたふうでもなく、アンドリューは言う。

そして、じっと香月を見つめてきた。

――あまり、人に見つめられるのは得意じゃないけれど、アンドリューはいいわ。……まるで、私のことを素材でも見るような顔をしてるもの。

アンドリューという男は、たぶん香月を「なにかに使えそうな材料」として見ている……――女としてではなく。

それが、香月には痛快だった。

「言ったでしょう？　私は苑家の娘とは名ばかりの、外で自分の手で日銭を稼いでいた女よ。わけありじゃなけりゃ、さすがに八十の老人に娘を側室になんて差し出さないわよ。

苑大人は、計算高い人だもの」

香月は、小さく溜息（ためいき）をつく。

「お嬢さまらしさなんて、当の昔にくずかごに捨てているわよ」

「……あなたは、本当に面白い人だ。たくましい、と言うべきか。家の奥に引っ込めておくのが、勿体（もったい）ない人材のようだ」

くすくすと、アンドリューは笑っている。

なにがおかしいのか知らないが、香月の受け答えは彼のお気に召したらしい。

「そんなふうに言う人は、珍しいわ。……猫をかぶっていない私なんて、ただの厄介者でしかないのに」

もう、いちいち袖（そで）で顔を隠して話すのも面倒になってきている。

ここまでくると、世間体もなにもない。

──まあ、もともと、守らなくちゃいけない世間体なんて、私にはないしね。

香月は、小さく肩を竦（すく）める。

──自分を守るので精一杯。……いいえ、私は自分さえも満足に守れなかった。ずっと、そんな自分が嫌だったんだわ。

ぐっと奥歯を噛（か）みしめるのは、苦い想い出が蘇（よみがえ）ってきてしまったからだ。

今では遠い昔。

まだ、香月がこんなふうに髪を上げるようになる前の、幼い日の――。

「香月、あなたにはしばらくこの島に留まってもらいます」

アンドリューの言葉に、香月は我にかえった。

今はもう、取り返しのつかない遠い過去のことなど、考えている場合じゃない。

「わかっているわ。身代金が支払われるまででしょう？」

「そうですね。……私たちの船はしばらく、この島を離れますが……。戻ってくるまでは、事態の進展はなさそうですし」

アンドリューの言葉に、香月は眉を顰める。

なぜか、持ってまわったような言い方に聞こえた。

「……ふうん。もう、中原と南江には使いを出しているの？」

「ええ」

アンドリューは頷く。

「使いが到着するまでも、日数かかるものね。じゃあ、しばらく私は、この島の生活を満喫させてもらうわ」

香月は、念を押すように付け加える。

「私はともかく、万が一身代金を取りそびれたときでも、寧々の安全だけは確保してね」

「……さて、どうしましょうか」

「確保してもらうわ」

香月は、強い口調で念を押す。

別に、強がっているわけでもない。

下手に弱気に出ても、事態の改善は望めない気がした。

――それよりも、私がこの人たちにとって、必要な人材になるほうがよさそうじゃない？

香月は、ふと考える。

――そうでしょう、人手の足りない海賊さん。

香月が無言で視線を投げかけると、アンドリューはにこやかに笑ってきた。

「ここは小さな島ですから、どうせあなた方は逃げ場がないですし……。自由に動いていただいて、結構ですよ」

「そう」

香月が適当な相槌（あいづち）を打つと、アンドリューは平信を一瞥（いちべつ）した。

「平信、彼女は好奇心旺盛（おうせい）な人だ。よくよく、島の中を見せてあげてください」

「はあ？」

アンドリューの言葉に、平信はわけがわからないという表情になる。

「面白い人材ですよ、彼女は。……思いがけないことをしてくれるかもしれない」

その、思わせぶりな口ぶり。

香月は、はっとした。

――この人、私を働かせたがっているの？　……厨房（ちゅうぼう）の件のときみたいに。

アンドリューの柔和な面差しを眺めながら、香月は考える。

平信のほうは、アンドリューに疑問を投げかけている。つまり、平信とアンドリューの間には、意思の疎通はなさそうだ。

――アンドリューが独断で動くわけないから、烈英の意向よね。いったい、どういうつもりなんだろう。

香月は、忙しく頭を働かせる。

――単純に、人手が足りないから、使えそうなのを使ってみようかっていう話とか

……？　でも、それなら平信に、そう言うわよね。

アンドリューは香月に、なにかさせたがっている。

だが、平信のほうはぴんと来ていない。

――そういえば、そもそもアンドリューと平信の力関係もよくわかんないし、考えても無駄なのかな。

そうは言っても、香月は思考を放棄するつもりはなかった。

――考えても無駄なら……。材料を揃えなくちゃ。

そうやって、香月に教えてくれたのも、中原の『師父』だ。

「まず、誰になにを売りたいか考えなさい。そして、相手がなにを求めているかを想像するときは、まず相手の情報を手に入れなさい」と、彼は香月に繰り返し教えてくれた。

――思えば、宗教家だなんて俗世離れているはずなのに、師父は物知りだったわね。西洋の宗教家って、そういうものなのかしら。

香月は、小さく首を捻(ひね)る。

もともと、じっと待っているのは性に合わない。

それに、アンドリューたちにはわざわざ話していないけれども、香月は苑家ではいらない立場の娘だったのだ。

果たして、父が身代金を払うかどうか……。

――馬家への体面があるから、馬家が払うと言えば払うだろうけど。どうなることか、わからない。

もしも身代金が払われなかったとしたら、自分はどうなるのか。

想像するのは、あまり愉快なことではない。

——このまま、成り行き任せにするわけにはいかないわよね。寧々を無事に、陸に返さなくちゃいけないんだし。……万が一のことがあっても、殺されないような人に……、この海賊たちに有用な人になっておくべきなんだわ、きっと。

他人に期待するのには、慣れていない。

それよりも、自分の手で確実に、生き残れる道をえらびたい。

——決めた。

香月は、にこっとアンドリューに微笑みかけた。

「好きにやっていいの？」

「……どうぞ」

「じゃあ、お言葉に甘えようかしら」

香月は、心の中でつけくわえた。

——身の安全を確保してもらうんじゃなくて、あなたたちが私たちの身の安全を確保したくなるような……、そういう立場に、なってみようじゃない。

今の香月には、体ひとつしかない。

でも、それだけあれば十分すぎる。

あとは、自由に動くことさえできれば。

「おや、なにか企(たくら)んでるんですか？」

アンドリューの言葉に、香月はいたずらっぽく微笑んでみせた。

「人の悪いことは言わないで。香月はあなたたちの利益にならないことはしないわよ。……そんなの、私にとっても利益にならないし」

「私たちの利益になることを、してくれるんですか」

「そうね」

こくりと香月が頷いてみせると、誰かが声を立てて笑いはじめる。

「……大きく出たじゃないか」

その声は、アンドリューの肩越しに聞こえてきた。

「烈英……！」

香月は、目を丸くする。

いったいいつから、烈英はそこにいたのだろうか。

「立ち聞きは、お行儀が悪いわよ」

「海賊に、行儀もなにもないだろ」

くくっと笑いをかみ殺すように、烈英は言う。

「そんなことないわよ。……あなた、本当はお行儀悪いこと苦手そうだもの」

香月の言葉に、ふっと烈英は笑ってみせた。

「おまえは、本当に面白いな。まず、この状況で物怖じしないというだけで、たいしたものだ」

「変わり者で悪かったわね」

「悪いとは言っていないだろう。……褒めてるんだ」

そう言って、烈英は目を細める。

――ふうん。

いまいち褒められている感じもしないが、烈英から悪い感情は伝わってこない。

どうやら、香月はこの島で、自由に動けるお墨付きをもらえたようだ。

傍らでは、平信が困惑した表情を浮かべている。

「……三小姐、なにをお考えですか？」

「それを、これから考えるのよ」

寧々にこそこそと尋ねられて、香月は肩を竦めてみせる。

「どうかしたか？」

「たいしたことじゃないわよ。女同士の秘密のおしゃべり」

寧々との会話を気にする烈英を、香月は煙に巻く。

――まあ、あなたにだって悪いことにはならないわよ。

香月は、じっと烈英を見据えた。

腹の探り合いをしようとしても、その手には乗らないぞという顔をしている。

でも、香月が出過ぎた真似をしても、止めるつもりはないらしい。

そういう、おおらかな表情をしていた。

海賊は慣れない職業だというし、どこか太平楽にも見える烈英には頼りなさを感じてもいた。

でも、彼はただそれだけの人ではなさそうだ。

――前線に出て戦うっていうよりも、後ろで采配をしている貴人みたいな印象があるのよね。

烈英という人の正体は、気になっている。

本来は、烈英の居場所はここではないのかもしれない。それでも、悪戦苦闘しつつ、頭領として前に進んでいこうとしているのだろうか。

「……熱烈に見つめあっているところ、悪いですが」

小さく、アンドリューが咳払いをしている。

香月は、彼に対して頭を横に振ってみせた。

「悪いもなにも……。別に見つめ合っていたわけじゃないわよ」

「照れなくてもいいですよ」

アンドリューは、小さく肩を竦める。

「私たちはしばらく、南方に旅に出ます。その間、この平信にあなたを預けます。留守番を、よろしく頼みます。……という話をして、私は船に戻るつもりだったのですが。思わぬ、長話になってしまいましたね」

「俺は、様子を見に来ただけだ。……興味があってな」

烈英は、ちらりと香月を一瞥する。

――私？

烈英は、香月のなにをそんなに気にしているのだろうか。

逆に、香月のほうが気になってくる。

「逃げはしないわよ」

「わかっている。おまえは逃げるよりも、こっちに突進してくる性格のようだしな。……そこが、とても面白い」

烈英は、にやりと笑っていた。

「そういうところを面白がるあなたが、私にとってはかなり面白いわよ」

皮肉でも混ぜっ返しでもなく、香月は言う。

これは、本心だ。

――そうね。魅力があるわ。それを、認めるしかない。

烈英本人がというよりも、この環境が。

香月が伸び伸びと振る舞える、この空気が……。

「なにはともあれ、また会える日を楽しみにしている。行くぞ、アンドリュー」

「ああ」

踵（きびす）を返した烈英に従い、アンドリューもまた船に戻っていく
黙って烈英や香月のやりとりを聞いていた平信が、眉（まゆ）を顰（ひそ）めて尋ねてきた。

「……なんだ、おまえ。もしかして、烈英の愛人か」

「違うわよ」

誤解されても仕方ないと思いつつ、香月は一応否定をしておく。

「まあ、最初はなにされてもおかしくないなって思ってたけど。……あなたたちの頭領は、とても紳士だわ」

「そりゃそうだ。彼らは、根っからの海賊じゃない。俺たちのために、海賊になっているんだ」

どこか自慢げに、平信は言う。

「本当なら、そういうことをするような人たちじゃないな。義理人情に厚いんだよ。おかげで、俺たちは生きていける」

「さっきも、それを言っていたわね。……本気？」

香月は、眉間に皺を寄せる。

この、言葉にしがたい不快感は、いったいどこから来るのだろうか。

「ああ。この島に『逃れてきた』人々の糧を、あいつらが与えてくれているんだ。すげえだろ、緑旗幇は」

「はあ」

香月は、ぽかんとしてしまう。

緑旗幇というのは、烈英たち海賊団のことのようだが……。

──すごい？　いったい何が。

無邪気な賞賛に、苛立ちすら感じている。

「まさか本当に、海賊稼業で、この島の人たち食べさせているの？」

浜に集まった人々の眼差し（まなざし）を、香月は思い出す。

救世主を待つ、あの瞳（ひとみ）。

――百人以上いたじゃない。

香月は、小さく舌打ちした。

「すごい話だろう。本当に、ありがてぇよ」

しみじみと、どこか誇らしげに言う平信に対して、香月は反射的に口を滑らせていた。

「……ばっかじゃないの」

思わず呟いてしまった言葉が、空気を凍らせたことは、言うまでもない――。

＊　＊　＊

「――さて、香月はなにをしてくれるだろうな」

船が出航する。

甲板から島影を眺めていた烈英に、アンドリューが声をかけてきた。

「なんだ、アンドリュー。なにか目星がついていたわけじゃないのか」

「未知の生き物に、予測なんて意味がないだろう。……あなたは？」

「俺も正直、予想はつかん。ただ、悪いほうには転がるまいよ」

烈英は、肩を竦める。

「……平信とは喧嘩(けんか)しそうだが」

「予言か」

「予言者じゃなくても、それくらいはわかるだろう。島の状況を考えればな」

「……」

「俺は卑怯(ひきょう)だな」

ぽつりと、烈英は呟(つぶや)く。

「ああ、そうだな。あなた自身の招いた状況だ」

アンドリューは手厳しい。

だが、小さく笑って付け加える。

「しかし、そういうあなただから、私も賭けてみたいと思った」

「賭、か」

鸚鵡返しにした烈英は、小さく笑った。

「おまえは正直者だ」

「そんなこと言うのは、あなただけだ」

「おまえ自身が思っているよりも、ずっと人がいい」

市場で食材を選んでいるような目で、人を見るくせに。

声にはしないで、烈英は心の中で呟く。

外つ国から来た男は、海賊になってしまったときからの烈英の片腕だ。

彼が何者であるか、烈英も知らない。

ただ、その才気は知っている。

自分に手を貸そうとしていることも。

それさえわかっていれば、烈英には十分だ。

――たとえ、おまえが何を企んでいたとしても。

「……買いかぶりすぎだな」

アンドリューの呟きは、珍しく戸惑っているようにも聞こえた。

あるいは、照れているのか。

そのまま、風にさらわれて消えていった。

第六章　脳筋な義賊と雛鳥たち

——たがが緩んでるなんてものじゃない。

こっそりと、香月（こうげつ）は自分に呆（あき）れてしまっていた。

思わず口元を隠すけれど、一度こぼれおちてしまった言葉には、取り消しなんて利くはずもない。

海賊にさらわれて、生殺与奪は相手の手に奪われている。

そんな状況で、いくらすぐには殺されない状況になったとはいえ、相手を怒らせるようなことを言ってしまうほど、気が緩んでいるとは。

だがしかし、口にしてしまった言葉を取り消すことはできやしない。

怒りに満ちた表情をしている平信（へいしん）から、逃げるつもりもなかった。

——仕方がない。

こんなにも、自分が他人様（ひとさま）の事情に口を出したくなる性分だとは、思っていなかった。

この平信という男の、烈英（れつえい）たちに頼りきった態度が、ふと昔の自分と重なってしまって、香月の中のなにかを刺激したらしい。

——もう、どうにでもなってちょうだい。

香月は、腹をくくった。

気色ばんでいる平信を、香月は真っ直ぐ見据える。

「あなたが怒るのも、もっともだと思うの」

香月は、静かに言う。

隣で怯えている寧々の、肩をそっと抱いて。

——いざというときは、私が盾になるしかないわね。

身から出た錆だ。

「……でも、こんなこと、いつまでも続くわけないじゃない。だから、烈英に期待しつづけるなら、愚かだと思うわ」

「なんだと?」

平信は怒っている。

香月が男だったら、とっくに殴られているだろう。

——だからまあ、私もたいがい卑怯よね。でも、利用させてもらうわよ。……女であることを。

香月は、言葉を続けた。

「いくら恵の国が乱れていて、もはや中原の皇帝陛下の意向は地方まで届かない状態とは言っても……。完全に王府が死んだわけじゃないでしょう？　烈英の暴れている南航路は、南海王府あたりが、海賊船を取り締まっているはずだわ」

「……」

ぎろりと、平信は香月を睨みつける。

鋭い眼光には怒りが含まれているが、香月は引く気がなかった。

話してわからないような相手だったら、そのとき立ち回り方を考えるしかない。

「王府の力が弱まっているとはいえ、完全に消えたわけじゃないでしょ。彼らは軍隊も持っているし、その気になったら海賊を掃討することだってできるのよ」

平信は、ぴくりとこめかみを引きつらせる。

海賊の掃討。

それはつまり、烈英に食わせてもらっている状態のこの島にとって、死活問題となるだろう。

――怒っても仕方ないじゃない。だって、実際に起こりうる未来なんだから。

香月は、あくまでも冷静に話を進める。

「海賊なんていう、持続性のない商売に、島の将来をかけるのは、不安じゃないの？　この島には、小さな子どもだってたくさんいるのに」

「わかったような口を利くな！」

「……っ」

乱暴に着物の合わせを掴まれ、ひねりあげられて、思わず香月は身を竦める。

だが、怯えたりしない。

……今、怯えているのは平信だ。

未来への不安を大きく抉られたという顔で。

「貴様、大富豪の娘だろ。俺たちの何がわかるっていうんだ！」

それはまったく、理性的ではない反論だ。

「や、やめて！」

香月のかわりに叫んだのは、寧々だ。

「……寧々、大丈夫よ」

平信と香月の間に割って入ろうとする寧々を、香月は窘めた。

「この……っ！」

感情的になった平信に掴みあげられ、揺すぶられながら、香月は考える。

──大丈夫、まだ死の匂いはしてこない。

香月は、じっと平信を見つめる。

──この人は、私を殺せない。

怯えきった寧々を背に隠して、香月は言う。

「たしかに、私はあなたたちの事情は知らない」

事実は事実だと、香月は認めていた。

だが、その上で、言えることもあるのだ。

「でも……、続く商売と続かない商売の違いはわかっているつもり」

香月は、はっきりと言う。

「海賊は、続かない商売よ。それに島の将来を賭けて、期待するのは間違っている。その意見は、揺るがないわ」

「じゃあ、どうすればいいんだ！」

平信は、吠えるように叫ぶ。

ありったけの不安と不満を、香月にぶつけるかのように。

「『続く商売』をすればいいじゃない」

「……はあ？」

香月の言葉に、拍子抜けしたような表情を平信は向ける。

「烈英たちが海賊を始めたのは、まだ最近のことだと聞いたわ。ということは、あなたたちだって、もともとは彼らに食べさせてもらっていたわけじゃないんでしょう？」

「……」

香月の襟元を締め上げていた、平信の手の力が緩む。

「貴様、なにを……」

「この島が田畑を作るのに向いているのか、わからない。それに、田畑がものになるまでには、時間がかかるでしょうね。でも、この島は周りが広い海に囲まれているじゃない。……商財の宝庫よ」

香月は言う。

「烈英たちを働かせてる間に、あなたたちも働けるじゃない。それをしないのは、もったいないわ」

「もったいない？」

平信は、訝(いぶか)しげに鸚鵡返しにする。

「働かないということは、働けば稼げるはずの日銭が入って来ないってことよ。それは、損失だわ」

たとえばこうしている間にも、どれだけの重さの銀貨を稼ぐことができると思っているのだろう。

——あまりにも、もったいない。

この島の人々は、どうやら運命共同体のようだ。

つまり、大勢の人で共同して、働くことも可能となるだろう。

——こんな労働力が確保できる状況、めちゃくちゃ恵まれているじゃない。しかも、よい加工品の材料を島から調達するなら、調達するための資金は必要ない。これで、儲けが出せなかったら嘘よ。

こんな状況を、どうして烈英たちは放っておいたのか。

あるいは、放っておくしかなかったのか。

「……おまえ、何者だ」

うなるように、平信は呟く。

「中原一の大富豪、苑家の娘よ」

「それは聞いているが……」

そういう話をしたいんじゃないと、平信の顔には書いてある。

でも、それ以外に、今は自分を語れる言葉を香月はもたない。

「……探しましょうよ。この島で、なにかお金に換えられそうなものを。お金はすべてじゃないけれど、お金がなければすべてではないわ」

香月は、迷いなく断言する。

「自分で自分の食い扶持稼ぐのって、楽しいわよ。こんなこと、私なんかに言われるまでもなく、本当はあなただってよく知っていることでしょう？」

香月は、自分を掴み上げている平信の手の甲に触れる。

とんとんとその甲を叩くと、平信はそっと手を離した。

「話を、聞かせてもらおうか」

重々しい声で、そう呟いて。

＊　＊　＊

――二週間後。

「船が帰ってきた！」

勢いこんで駆け込んできた子どもの言葉に、わっと歓声が上がった。

『作業場』から、人々が飛び出していく。

英雄の帰還を、讃えるかのように。

──烈英たちは、この人たちにとっては、まさに義賊なのね。

周りの様子を見回しながら、小さく香月は肩を竦める。

馬家の船は、烈英たちの船に襲われることで犠牲を出している。

そして、その犠牲がこの人たちの糧だ。

……そして、彼らは犠牲に無頓着だった。

違う立場の相手のことまで気にする余裕が、この島の人たちにはない。それを、香月もまた、短い島の暮らしで痛感している。

だから仕方ない、と言うつもりはない。

──それに、海賊稼業なんて続くかどうか不確定……というのは、間違いないもの。

香月は、息をつく。

自分の口出しが上手くいくかどうか、まだ未知数だ。でも、海賊よりも、この島の人々が生活していける可能性があるのではないだろうか。

「三小姐、私たちはどうしましょう」

傍らの寧々の言葉に、にこっと香月は笑ってみせた。

「そうね――」

「香月、あんたは出迎えにいかないのか」

自身も出かけようとしていた平信に尋ねられ、香月は小さく肩を竦めた。

「行くわよ。烈英には話もあるし」

椅子から立ち上がり、香月はぐるりと作業場を見回した。

この場所は、香月の提案を受け入れた平信が、用意してくれたものだった。

――頑固そうだけど、案外話がわかる人で助かったわ。

実際のところ、余計な提案だと言われる可能性もあった。

香月も、最初に煽るようなことを言ってしまった以上、自分の話が通らないことは覚悟していた。

しかし、平信は思っていたよりもずっと真摯に島の人々のことを考えていて、そして度量もある男だった。

「平信と仲良くなったことも、話さなくちゃ」

「仲良くね」

平信は、苦笑いする。

「本当に、あんたはたいした娘だ」

「素直に褒め言葉と受け取っておくわ。……行きましょう、寧々」

「はい、三小姐」

どこか誇らしげに寧々は返事をして、香月に従った。

＊　＊　＊

「……香月、なんて格好をしてるんだ」

船から下りてきて開口一番、烈英は呆れたような顔をした。

「おかしい？　持っていた服を仕立て直したんだけど」

袖をあげてよく見せるように、香月は笑った。

とにかく動きやすい格好をしたかったので、今はこの島で暮らす人たちと、大差ない格好を香月はしている。

労働をする、女の格好。

髪も、短めに切ってしまった。

寧々には、そんな小間使いみたいな格好を……と嘆かれたが、今はできることをしたいと言って、宥めたのだ。

「しかも、そんなに日焼けして」

「島の中を動きまわりたかったの」

香月はにっこりと微笑んだ。

「この島は平地が少なくて、山がちね。少なくとも、あなたたちの支配が及ぶ場所は。その気になれば、田畑を作れそうだけれど……。でも、海のほうが財には恵まれているようね」

「……香月」

烈英は、にやりと笑った。

「その様子だと、平信をさんざん困らせたんだろう」

「相互理解をはぐくんで、仲良くなったわよ」

香月は溜息をついた。

――だいたい、あなたもそれは織り込み済みだったんじゃないの？

自由にやれと、出発前に念を押していた。

つまりは、烈英は香月がなにかをすると……――言ってしまえば、島の状況を変えるのではないかと、期待していたのではないか。

「事情も聞いたわ。……この島の人たち、南江の海辺の村の人たちだったのね」

「……ああ」

烈英は、小さく頷いた。

特に、意外でもなさそうに。

「そして、不作と不漁が重なったのにも拘わらず、決まったとおりの納税をせよと命じた南海王府に逆らい、こうして島に逃げてきた——。少なからず、犠牲を出して」

平信の体についている傷を思いだし、香月は苦い心地になる。

「そういうことだ」

特に訂正することもないとでも言うかのように、烈英は大きく頷く。

「平信はそれ以上、あなたたちのことを詳しく教えてくれなかったけれど……。あなたたちは海賊として船を襲い、こうして隠れ住む村人たちを養ってるらしいわね。どこまでおひとよしなの？」

「はは、そこまで話しても、俺のことは語らなかったか。平信は口が堅いな」

烈英は、のんきなことを言っている。

——この人は、人を信頼することを、ためらわない人みたいね。

裏切りを怖れないのか、細かいことを気にしないのか。

なんにしても、烈英も相当に希有な性格の持ち主だ。

そして、この性格自体が、彼の才でもあるように感じた。

「頭も硬そうに見えて、案外柔軟な人よ」

香月は、少し離れたところにいる平信を見遣った。

「仮住まいのつもりだから、田畑の開墾をするつもりもなかったみたいだし……。漁に出ようにも漁船はないし、海に出て目立つわけにもいかない。彼らは、そういう状況だったみたいね」

「特に間違ってはいないな」

「だから、海賊に、あなたたちに食べさせてもらってる」

「そういうことになるな。俺は平信に恩があるし」

烈英は頷いた。

「……海賊なんかが、本当に持続可能な生計の立て方だとでも思ってるの？」

香月の問いに、烈英は笑ってみせた。

「手厳しいなあ、おまえは」

相槌を打ってから、烈英は真顔になる。

「……だが、正論だ」

その言葉を聞いて、香月は溜息をついた。

さすがに、呆れる。

「いくら恩があるからといって、それは言えない正論だったのかしら」

「状況的に難しかったな」

「……ずるいわね」

そう言って、アンドリューと烈英を、香月は交互に見遣る。

「無理だって、自分たちじゃない誰かに言わせたかったの？」

「我々の立場も、不安定なんですよ」

アンドリューは笑う。

「きわめて微妙な均衡状態を、崩すのが怖かった。……そう言えば、聡いあなたになら理解してもらえると思いますが」

「そのつもりで、私をこの島に残して行ったの？」

「想像以上ですよ」

アンドリューは、小さく拍手までしている。

「あなたは、いついかなるときでも、商うということを忘れない人だ。その感覚で……、停滞していた島の状況を打ち砕いてくれればいいと、勝手に期待をしていました」

随分とまた、無茶な期待をしてくれたものだ。

それが偽らざる香月の感想だった。

でも、悪い気はしない。

都合よく利用されただけだとしても、香月は彼らに必要とされたのだから。

「お望みどおりに動いたわよ。……恩に着てよね」

香月は、いたずらっぽく笑う。

——やっぱり、そういう期待をされていたのか。

上手く使われたとは思う。

だが、香月としても、烈英たちにとって必要な存在になるというのは、身を守るすべでもあった。

そして、そのような打算を抜くとしても、自分に役割があるというのは、案外気持ちがいいことのようだ。

「それで、この島をどう変えたんだ？」

烈英の問いかけに、香月は答える。

「ここはかなり南のほうみたいだし、山に白檀（びゃくだん）でも生えてないかと思って、最初は山を探したんだけど……」

「成果はどうだ」

「山には、めぼしいものはなかったわ。少なくとも、この短い間に探した範囲では」

残念だった。

――山にあるものなら、女子どもでも確保しやすくて、ちょうどよかったんだけどね。

まあ、そう上手くもいかないか……。

南と言っても、香木があるほど南ではないのかもしれない。

頭の中に、この島の場所を詮索したい気持ちはあったはずだが、今の香月は違うものに夢中になっていた。

「でも、海には珊瑚があるみたい。素晴らしいわ。お宝の山よ。ついでに真珠もないか、今男衆に潜ってもらっているのだけど」

「……おまえ、本当に行動力抜群だな」

烈英は、目を丸くする。

「平信が協力してくれたおかげよ。おかげで、この海には少なくとも黄金に匹敵するものが眠っていることはわかったわ」

香月の声は、つい弾んでしまう。

これは商売になるとわかった瞬間の、この高揚感。そして、至福。たとえようもない、快感だった。

「商品はあったとしても、どう売りさばくんです？　簡単な道具でとれる範囲の珊瑚なんて、たいして質がいいものとも思えませんが」

アンドリューは、冷静に問いかけてくる。

香月もまた、冷静に返した。

「質が悪いなら、付加価値をつければいいのよ。今、それを女の人たちに試してもらってるの。平信の家を、作業場にしてね。ちょっとした加工をしてもらってるの」

「加工？　それで、商売をすると」

「ええ」

「いったい、誰相手に売りつけるつもりですか」

「娼妓（しょうぎ）」

きっぱりと、香月は言う。

「最初から、名家の夫人との商いをするなんて無理よ。それより、花街にばらまきましょう。そっちのほうが、入りこみやすいでしょう？」

「……なるほど、それは名案だ。妓女たちの装身具として流行してくれたら、需要も増えるしな」

　烈英は納得したように、頷いた。

「南江の妓女たちの中でも、上流と呼ばれる女たちは、官吏や文学者たちにもてはやされて、世の流行を生み出す。たしかに、彼女たちに気に入られるのは、成功の秘訣(ひけつ)かもしれんな」

「丁波(ていは)や……、南洋の他の街でもいいけれど、有名な花街がいくつかあるわよね。そういうところに、どうにか入りこみましょう」

　ここが陸からどれほど離れているかわからないが、香月には勝算がある。

「なんなら、最初はばらまいてもいい。目立って、流行するように見せかけるのが一番大事だわ。この海でとれる珊瑚は、色がとても綺麗(きれい)だから、きっと人気が出るだろうし」

「おまえ、本当に面白い発想するな」

「中原で上手くいった方法と同じことを、しようとしてるだけよ」

「中原で？」

　それまで笑って話を聞いていた烈英が、驚きの声を上げる。

「いったい、中原でなにをしていたんだ」

「……日銭を稼いでいたって、言ったでしょ。私、自分で小間物屋をやっていたの」

　別に、彼らに隠すほどのことではない。

香月は、あっさり自分の手のうちを明かす。

「苑家の娘が?」

「娘って言っても、外で暮らしていたのよ。……私は厄介者だから」

傍らから、寧々が気遣うような視線を投げかけてくる。

そんな彼女を安心させるように、香月は微笑んでみせた。

「苑家の援助は心許（こころもと）ないから、生計は自分で立てていたわ。最初ははぎれを仕入れて、綺麗な色の小物袋を作ったりしてね。こっそり遊郭に出入りして、妓女たち相手に商売をしていたのよ」

「妓女たちに?」

「そう。ちょっとした身の回りの小道具でも、可愛いもののほうが生活は華やぐでしょ。ああいう場所にいるなら、なおさら」

香月は、にっこり笑う。

「それに、一度気に入っちゃってもらえば、妓女本人じゃなくて、彼女たちに通うお客が購入してくれるし」

「なるほどな……」

「そういえば、なにも丁波の花街みたいに南海王府の足下に潜り込むことはないわね。それよりも、あなたたちが交易している、南洋の諸島の港町にある花街で商売したほうがいいのかも。話にしか聞いたことがないけれど、欧州の人々も東洋の人々も行き交う、遠い南の島があるんでしょう?」

香月の問いかけに、アンドリューは大きく頷(うなず)いた。

「……ええ、そのとおりです。でも、なぜ私たちが南洋で取引をしているとわかったんですか」

「南洋交易で馬家は利益を上げたというし……。南江の人たちにとっては、あまり南洋諸島も異国って感じじゃないみたいじゃない。それに、あなたたちの船は、恵の国の船と形が違う。だから、外(と)つ国で仕上げたものかと思ったのよ」

「本当に、よく周りを見ていますね」

アンドリューは肯定も否定もせず、ただ興味深そうに頷いた。

「……しかし、おまえみたいな立場の娘が、よく遊郭に出入りできたな」

「出入りすることくらいは、造作ないわよ。商いなんだし」

「いや、出入りできたというか、出入りする気になったというか……」

烈英は、話題を変えたかった……——とも思えるような、話の振り方をしてきた。

そんな彼の様子が気にかからなかったといえば嘘になるが、香月はそこを追及するのはやめておいた。

「良家の娘は、花街になんて出入りしないって？　そんなこと言っていたら、食いっぱぐれていたわよ、私は」

香月は溜息をつく。

「苑大人には、なるべく頼りたくなかったのよ。近くの教会……っていうの？　アンドリューみたいに外つ国から来た師父に、海の向こうの流行とか教えてもらったりしてね。ちょっと異国風な意匠で他と差をつけて」

「その師父とやらに、商いの財の管理も学んだわけですか」

「ええ、そうよ」

香月が頷くと、アンドリューは怪訝な表情になる。

「……中原では、かなり外つ国の者への警戒心が強いようですが」

「そうね。でも、だから好機だと思ったの。彼らは買い物に行くだけで断られることもあったけれど、私なら代わって買い物をしてきてあげられたわ。そうやって、仲良くなっていったのよ」

最初は、香月は彼らの小間使いをはじめた。

そして、少しずつ仲良くなって、小間使いというよりも、彼らにとっての教え子になっていったのだ。

——こっちも、小間使いのお駄賃目当てだったから、情けは人のためならずって話でもないんだけど。……ありがたい巡りあわせだったわ。

遠く離れた師父のことを、香月は思い浮かべた。

ちょうど、アンドリューのような容姿をしている、彼らのことを。

「おまえの発想力はたいしたものだ」

うなるように、烈英は言った。

それは、紛れもなく賞賛の言葉だった。

正直、こういう反応をされると、香月も戸惑う。

少なくとも、中原ではなかったことだからだ。

「計算高い女だって、正直に言ってもいいのよ」

自嘲(じちょう)するように、香月は言う。

褒められるのには、慣れていない。

「苑大人に詰問されて、申し開きをしたときに、一生分その言葉を聞いたわ。あとは、家の恥だとかね」

「……もしかして、馬大人との結婚は……」

「そうよ、中原においておけないって、厄介払いされたの」

さすがに、そのなりゆきを思い出すと、苦々しい気持ちがこみ上げてくる。

「まあ、もともと私は厄介者だったしね。……昔、母が複雑な亡くなり方をして、苑大人にもてあまされて育ったから」

「……おまえ、もしかして」

烈英の言葉に、はっと香月は顔を上げる。

その反応で、烈英は我にかえったようで、「なんでもない」と低い声で付け加えた。

――この人、やっぱり中原の宮廷にいたんじゃないの？　母を……、いえ、苑大人の側室のひとりが、どういう死に方をしたのか、知ってるのよね。

香月は、じっと烈英を見つめる。

次の一手を、探すかのように。

――私の母が、李春雨が、乱れた中原の宮城の風紀のせいで、自死したということを

……！

第七章　宝珠の海の花嫁

中原（ちゅうげん）に並ぶものなき美女といえば、香月（こうげつ）の枕言葉だ。いや、馬（ば）大人に香月を嫁がせるための、売り文句とも言える。

だが、香月の母、春雨（しゅんう）に関していえば、その言葉どおりの人だった。

まだ十になるやならずやの頃に死にわかれた香月でも、彼女の神々しい美しさは覚えている。

まろみを帯びた白い頬は、まるで官窯で造りだされた磁器のよう。瞳（ひとみ）は黒曜石のよう、髪は闇よりも漆黒で、華奢（きゃしゃ）な体のつくりをしていた。足も小さくて、頼りなげに歩いていた姿を、香月はよく覚えている。

男たちが賞賛し、そして欲する女のすべてを、彼女は兼ね備えていた。

貧しい生まれだったという春雨が、中原一の豪商で皇帝の覚えもめでたい苑（えん）大人、香月の父の側室になるというのは、ある意味必然でもあっただろうか。

彼女は、死の腕に連れ去られるその瞬間まで、ただただ美しい人だった。

烈英との対面をすませたあと、言葉数少なになっている香月を案じてか、寧々がそっと声をかけてくる。

「……三小姐、いかがされました？」

「賊の頭領との会話で、気疲れされたのでは……」

そう言いつつ、本当に気疲れしているのは、多分寧々のほうだ。

幼い身で売られ、遊郭で辛酸をなめて死にかけていたところを香月に拾われたこともあって、寧々は男というものを怖れている。

問うてくる彼女に、香月は小さく首を横に振ってみせた。

「違うわよ。……大丈夫。あの人たちにとって、私は大事な体なんだから、必要以上に怖れることはないんだし」

「でも、元気がないように見えます」

気を揉んでいる寧々は、可愛らしい。

「ちょっとね、母様のことを思いだしただけ」

香月は苦笑いする。

「……もう十年以上経つのに、まだ駄目ね」

「三小姐……」

香月の母が亡くなった理由を、寧々も知っている。

香月に、彼女は同情してくれていた。

そんな彼女に、本当に気にすることはないと言うかわりに、仕事のことを頼む。すぐに頭を切り換えることはできるのだと、示すかのように。

「悪いけど、あなたは作業場の様子を見てきて。くず珊瑚を加工して高値で売りつけるための試行錯誤、やっぱり花柳界できらびやかなものに対する感度を磨かれたあなたの助言は必要だから」

「もちろん、私でお役に立てるなら、喜んで。しかし、三小姐……」

寧々は香月が少しでも弱っているとしたら許せないと、言わんばかりの顔をしていた。

忠義心はありがたいけれども、今はそれがきつい。

「……本当に、大丈夫だから。今だけは、ひとりにさせて」

「わかりました。三小姐が、そうおっしゃるのであれば」

寧々は深々と頭を下げると、そのまま下がっていく。

香月は、小さく息をついた。

あまり、感情的になっている自分の姿を人には見せたくない。

見せられない。

それは、母を失ったときからひとりで生きてきた、香月のくせだった。

もう、この世の誰も香月を守ってくれない。

だから、ひとりでどうにかしなくては、と……。

――母様、私はまだ生きているわよ。でも、たまに、なんで生きているかわからなくなるの。

目を閉じる。

すると、真っ赤な鮮血の海が目の前に広がった。

あれは、母の流した血。

恵の国は広大で、周辺国を跪かせてきた。

しかし、現在では、周辺の蛮族たちに攻め入られ、遠い国からやってきて、武力で不利な交易の圧力をかけてくる人々に悩まされ、そして国の中身は乱れている。

爛熟期、と呼べばいいのか。

恵の国という果実は大きく実った。

だが、あまりにも実りすぎて、まるで腐り落ちる前の果実のような状態になってしまっているのだ。

――宮城は賄賂と乱倫が横行して、政が滞っていると聞くわ。中央がそんな有様だから、地方も同じ……。

いらだたしさを覚えるのは、香月にとっても他人事ではないからだろうか。

——海賊が横行しているのも、そのせい。自国の商人や漁民が海賊化したり、近くの島国から沿岸荒らしにきたり。

市井の人々が不安に身を寄せ合ったところで、海賊などはどうすることができるものでもない。

こういう時こそ、国の出番ではないのか。

だが、この国は、既に崩れかけている。

——でも、まともに取り締まりもできていないわ。特に南海王府は、中原でも変わり者で有名だった王のもとで、最近やってきた敏腕の三司官のひとりがどうにか取り仕切っている状態みたいだし……。

香月の母が亡くなったのも、この乱れた恵の国らしい理由だった。

美貌をうたわれた彼女は、苑大人による高官の接待に出されていた。つまり、一夜を共にせよと言われていたのだ。

彼女は黙って、それに耐えていた。

だが、その高官のひとりが、まだ十になるかならずかだった香月まで褥に召そうとしたときに、香月の母は抗議のために剣で喉を突いて果てたのだ。

高官は興が冷めたと言って、二度と香月に色気を見せなかった。

そして苑大人は、高官の怒りを怖れて、ろくに自分の側室を弔おうともしなかった。

また、災いの種だとばかり、母を亡くした香月も別宅に押し込めた。

香月のところには一応仕送りがきていたものの、わざとなのか、忘れているのか、滞りがちだった。

おかげで香月は、異国から来た師父の小間使いをして小遣いをもらったり、もう少し大きくなってからは、小間物を作って遊郭で売ることを覚えた。

——そのこと自体では、苑大人を恨んではいないけれどね。彼に養ってもらうのは、いやだったし。

商売をするのは、楽しかった。

商いを好むのは、一代の豪商である苑大人の娘だからだと言われたのは、とても不愉快なことだったけれども。

それはともかくとして、幼い頃から大人たちの間を飛び回り、商売の種を探していた香月にしてみると、烈英たち緑旗幇も、平信たち島の民も、理解に苦しむ存在だ。

豊穣の海を手にしていて、飯の種が周りに散らばっているのに拾いあげない、勿体ないことをしているようにしか思えない。

――自分でごはん代稼げることほど、素晴らしいことはないのに。ひもじくて、物乞いするしかないのは、惨めだわ。

……その力の弱さが。誰かにすがって、生きなくてはならないことが。

誰になんと言われようとも、香月のその考え方だけは、変わることはないだろう。

平信たちに余計な口だしをしてしまったのは、彼らに幼い頃の自分の姿を見てしまったからかもしれない。

かつての弱い自分。

母に庇われて生き延びた、香月。

腹が立った。

でもそれは、彼らに腹を立てていたわけではなく、あくまで香月自身の過去への怒りだった。

「おい、香月。いるか？」

声をかけられ、はっと香月は顔をあげる。

気やすい様子で部屋に入ってきたのは、烈英だった。

「……どうしたの？」

「いや、おまえのことが気になってな」

烈英は、小さく息をついた。

「おまえは、李春雨の娘だな。本朝一の美女と呼ばれた……」

烈英の言葉に、香月ははっとする。

彼はもしかしたら、それを気にして香月に声をかけにきたのか。

一度誤魔化したものの、こうして様子を見にくるあたりが、烈英の人のよさの表れだろうか。

――へんなところで、よく気がつく人なのね。

香月は、目を丸くする。

「そうよ。……母のことは知らなかったの？」

「苑大人の娘ということ以外はな」

「それもそうね。母親の名前なんて、正妻の子でもないかぎり、誰も気にしないわ」

惠の国は一夫多妻制が認められているが、正妻は家族だが、側室は使用人扱いで、家の財産でもあった。

そこには、厳然とした差が存在している。

「気を遣ってくれた？」

「……まあ、有名な話だからな」

「そんなことを言っていいの？」

「李春雨の醜聞を知っているということよ」

香月は、真っ直ぐに烈英を見据えた。

「……あなた、昔は中原にいたのね。しかも、宮城に近いところに」

烈英は虚を衝かれたような表情になる。

しかし、無理に隠すつもりはないのか、焦りは見られなかった。

「まあ、そういうところだ」

烈英は、にやりと笑った。

「だが、どうせ、わかっていたんじゃないのか」

「そうね。あなたが、中原の特権階級みたいなしゃべり方をするのは、ずっと気になっていたわ」

「知りたいなら、話してやろうか」

にやりと、烈英は笑う。

「俺の正体」

「……」

香月は、じっと烈英を見据える。

この男の言葉を、どうとればいいのか。

探るつもりで、言葉を投げかける。

「……私を帰さないつもり？」

からかい混じりに、香月は笑った。

「知られちゃまずいんでしょ。最初は、御簾の向こうからしか話をしなかったくらいなんだし」

「察しのいい女だ」

香月のからかいを否定せずに、驚くほど素直に烈英は頷く。

「……まあ、そうだな。正直に言ってしまうと、おまえの才を惜しんでいる。俺の下にいてほしい」

「生意気な女だと思ってるんじゃないの？」

「女だろうと、男だろうと、俺は真剣に才がほしい。……アンドリューのようにな」

「アンドリューね……。彼も不思議な存在だわ」

「そうだろうな。俺もよく知らない」

あっさりと、烈英が言う。

「本人が語らないから、なんとも言えない」

軽く、烈英は肩を竦めた。

「だが、あいつの才は役に立つ。俺には、それだけで十分だ」

「おおらかというか、適当というか……」

くすりと、香月は微笑む。

「面白いわね、あなた」

「おまえも、たいがい面白い」

烈英は、どこか頼もしげな表情になる。

「正直、アンドリューに『よそものを島に入れないと、状況は変わらない』とは言われていたものの、少しの間離れているだけで、こんなに様子が変わってしまうとは思わなかった。たいしたもんだよ」

「勿体なかったんだもの。南の海といえば、珊瑚や真珠が名産なのに……。彼らは、海に眠る宝を探しもしていなかった。口を開けて、親鳥からの餌を待ってる雛みたいよね。なにがあったのか、おおまかには聞いたけれど……」

香月は、小さく溜息をつく。

「この島に居着く気がないせいだと思うけれど」

「そうだろうな。誰もが、自分の生まれ故郷に帰りたいものだ。……新天地での生活など、自分で望んで選んだのでもない限り、前向きにはなれんさ」

烈英は、他人の弱さに対して寛容なのかもしれない。

香月は、ふとそう思う。

さもなければ、彼のこの態度は説明がつかない気がした。

「……あなたは？」

「俺の故郷は、この南江だ。まあ、もっとも、育ったのは宮城だったがな」

その言葉に、香月は眉を上げる。

「あなた、本当に何者？」

宮城で育ったなどと、ただものであるはずがない。

――まさかと思うけれど、王のひとり？　そんなわけないか。宮城の学舎にいたのか、幼い頃から働いていたのか……。

香月は、しげしげと烈英を見つめる。

彼もまた、謎めいた存在だ。

わけありの人間が寄り集まって、この緑旗幇という海賊団をしているということなのだろうか。

しかし、宮城育ちというわりに、烈英に軟弱な印象はなかった。

「おまえがその賢い頭で想像している中に、おそらく答えはあるだろうよ。聞きたいなら教えてやるが」

烈英は、煙にまくような笑みを浮かべた。

「いやよ。秘密を共有してしまったら、帰してくれなくなりそうだもの。海賊に取り込まれてしまいそう」

「ここの生活を続けるのは、いやか？」

驚くほど真摯な表情で、烈英は問いかけてくる。

——な、なによ。

どこかのほほんとした男だと、思っていた。

おおらかというか、大ざっぱというか。

けれども、今の烈英からは、それだけでは収まりきらない何かを感じてしまう。

「いやもなにも、しばらく逃げられないんでしょ？」

ぽつりと、香月は呟いた。

本音を、こっそり滲ませて。

「それなら、なにかしていたほうが気も紛れるっていう話よ」

「そりゃよかった。やっぱりおまえは、馬大人の側室になって奥に籠もるのはもったいないな」

楽しげに、烈英は笑う。

「……あなた、なにが言いたいの？」

「ここに残る気はないかと、あらためて誘いに来たんだ」

あっさりと、烈英は言う。

「俺は、なりゆきで海賊になった。……まあ、おまえも話は聞いたんだろうけれど、この島の人たちをここに逃がした責任上、食わせないといけないと思ってさ。幸い、アンドリューがいたおかげで、船が手に入ったし」

呆れるほど行き当たりばったりらしい烈英の言葉に、香月は盛大に溜息をついてみせる。

「この船、やっぱり西洋のものよね。形が恵の国のものじゃないもの」

「そういうことだ。……南洋の島に、世界中から人が集まってくる市があるのを知っているか？」

「ええ」

「アンドリューはどうやら、あのあたりの市で商売をしていた人間らしい。だが、どういうわけか、船と本人ひとりだけで漂流をしていた」

「漂流……？」

思いがけない言葉に、香月は目を丸くする。

たいがい、アンドリューも謎の多い男だ。

――外つ国の人が海賊を一緒にやっているくらいだもの。なにか、わけがあるとは思っていたけれど……。

しかし、まさにアンドリューと烈英は、運命的な出会いをしたのではないだろうか。

船がなければ、緑旗幇も今ほど活躍はできなかったに違いない。

「本人が言うには、戦闘になったときにたまたま波をかぶって、敵味方ともに海に投げ出され、辛うじてアンドリューとあの船だけが助かったっていう話だ」

「それで、アンドリューは、お礼に島の人たちを助けるために海賊をはじめたっていうわけね」

「ああ。もとはといえば、平信に最初に助けられたのは俺だけどな」

「それは、聞いたわ」

「どうして俺が平信に助けられることになったかは、聞いたか？」

「いいえ」

「聞きたいか？」

「遠慮するわよ。……今はまだ」

香月は、含みを持たせつつも答えた。

話を聞いてしまうのは、この場合は仲間になることを意味してしまうだろう。

今はまだ、そこまでのことは言えなかった。

「それは残念だ」

烈英は、強いていうことはない。

どこまで彼が香月を必要としているのかわからないが、

「……まあ、そういうわけで、俺はこの島の人々をなんとか食べさせていかなくてはいけない。これまで官の船を集中して狙っていたんだがな、馬大人も南海王府に癒着して美味い汁を吸っているそうだから、少しお裾分けをしてもらいたいと思って、おまえの乗っていた船を狙った」

「乗っていた財宝は、ほとんど持参金だから、苑大人のものだけどね。……まあ、馬大人の懐に入る予定だったのを、かすめ取ることにはなったのか」

香月は、小さく息をつく。

「……もちろん、こんなことがいつまでも続かないことは、わかっている」

烈英は、真面目な表情になった。

「だから、おまえには感謝している。……日々を乗り切るのに手一杯で、俺たちではなかなか手が回らないことに、おまえは気働きができるようだからな」

「この島の人たちについては、一度養いはじめちゃったから、これ以上は無理って言えなくなっていたんでしょう。案外、気が弱いのね」

「気が優しいとは言わないんだな。……おまえは正しい」

烈英は、溜息をついた。

「俺は、彼らに負い目があるしな」

「……ふうん」

「おまえに、財の管理を任せられたら、俺も安心なんだが」

「ここにいる間くらいはね」

「その『ここにいる間』を引き延ばせないかと、話を持ちかけに来たっていうわけだ。俺は、おまえを買っている」

「物好き」

そう言いつつも、香月はつい笑ってしまった。

こんなふうに、誰かに必要とされたことは、今までにない。

それが、たとえ海賊だろうとも。

「あなたは、私に島の人が生計を立てられるように手伝えって言いたいわけね」

「そうだな。……それだけではなく、もっと漠然と、俺が考えていたことが、おまえがいるなら実行できそうだと思ってな」

「たとえば？」

「俺は、まともな国を作りたい。ちゃんと政が機能して、民が笑って暮らすことができる場所を」

「……！」

香月は、目を見開く。

「それで、おまえを誘いにきたんだ」

「どうして……」

「中原の乱れを、知っているから」

きっぱりと、烈英は言う。

「……そして、おまえの顔は、それを許していないというふうに見えた」

「私の、顔……？」

香月は首を傾げる。

そして思わず、むにっと頬を引っ張ってしまった。

「私……」

続きの言葉は、出てこない。

でも、烈英の言葉は香月の胸に波紋を呼んでいた。

――私、もしかしたらずっと怒っていたの？　母様を奪った、この国に対して。私の居場所なんてない、この世界に。仕方ないって自分に言い聞かせていたけれど。怒るより先に、やることがあるだろうとも思っていたけれど。……でも、本当は……。

香月は、ぎゅっとくちびるを噛む。

――私は、怒っていいのかしら。でも、怒ったからってどうなるっていうの？

香月は、問いかけるような視線を烈英へと投げかけた。

その視線を受け止めると、烈英は真顔になった。

「なあ、香月。俺も、今の中原には腹を立てている。……だが、腹を立てたところで、なにもできないと思っていた」

烈英は、小さく息をつく。

「でも、世の中の人すべてを救えなくても、目の前にいる人だけでも救えるとしたら……。それはそれで、尊いことかもしれないと、思うようになったんだ」

「それは、島の人を助けられたから？　結構調子に乗りやすいのね」

「そうかもな」

烈英は気を悪くしたふうでもなく、小さく笑った。

「だが、調子に乗って……、行けるところまで行きたいという気持ちも湧いてきたんだ。おまえの才があれば、それを現実にできるかもしれない」

「……烈英。あなたは自分の国を作りたいの？」

「そうかもな」

「この島で？」

「夢は大きいんだ」

「つまり、惠の国を滅ぼして新しい国を作りたいということ？」

「……」

「……夢が大きすぎて、手に余ると思うわよ」

香月は真顔になった。

「おまえ、本当に容赦がないな」

「自分の発言を振り返ってごらんなさい。……この島で、よりよく暮らしていくことを選べれば、それがいいんだろうけど」

「だが、それは長続きしないと、おまえもわかってるんじゃないのか」

「まあね。遊郭でここの細工物が流行すれば、どこから来たものか問われることになる日も来る。いくら王府がぼんくらでも、この島にいずれは辿りつくでしょう」

香月は、小さく肩を竦めた。

「ただ、南洋への行商だけやっていれば、その日が来るのは遠いことになるとは思うわよ。少なくとも、海賊やってるよりもね」

「ああ、そうだ。さすがに気がついてはいたか」

烈英は、大きく頷いた。

「俺のやり方だと当面の、おまえのやり方だと這っていた子が大人になるくらいまでの間の、この島の平穏は確保されるかもしれない。だが、そんな泡沫の夢よりも、俺はもっと確かなものが欲しい」

「認めさせるっていう手はあるわよ」

香月が思っていたよりは、烈英はちゃんと先を見ているようだった。

「この島を？」

「そうね、それは必須条件。……でも上手くいけば、平信たちがかつて暮らしていた村のあたりを」

「何をするつもりだ」

「……王府に護らせればいいんでしょ」

考えながら、香月は言う。

鼓動は早い。

認めるしかない。

香月は、わくわくしている。

ときめいている。

今から、なにかものすごいことが起こるのではないか、と。

——最高だわ。

香月は微笑んだ。

今まで知り得なかった快感と、目眩がするほどの高揚感。自分が、こんな愉悦を弄ぶ人間だとは、今まで気づきもしなかった。

「どうせ、あの人たちには統治の能力がないんだもの。それならば、誰かが統治を代行して、そこから税を得るほうが、あの人たちだって楽なはずよ」

「できるか？」

「緑旗幇の力を認めさせることができれば」

そう言いながら、いつしか香月は、烈英の言葉に誘惑されていた。

色恋を説かれ、口説かれているわけではない。

それなのに、彼の言葉に魅了されてしまう。

――私の力で、国を作る。……そんなこと、できるのかしら。普通じゃ、とても無理よね。

でも、香月は知っている。

自分は今、少なくとも普通じゃない場所にいるということを。

「認めさせてみたいと、思わないか？」

そう言って、にやりと烈英は笑った。

そして、じっと香月の顔を見つめる。

もはや、それ以上はなにひとつ言葉を付け加える必要はない。そう、言わんばかりの表情をしていた。

――よくわかっているじゃないの。

成り行きで海賊をはじめて、行き当たりばったりで行動しているように見える男だが、たったひとつだけ、素晴らしい美徳がある。

それは、人の上に立つものに必要な……――他人をねたまず、素直に評価し、そして仕事を任せることができる度量だ。

「実のところ、苑家と馬家からは身代金を払うという返事はもらっていてな。別に、おまえは俺に協力しなくても、陸に戻ることはできるわけだが」

つまり、多少遠回りはしたものの、香月は元の生活に戻ることも可能なわけだ。家の奥深くに囲われて、老いた夫に仕え、看取るための新婚生活へ。

——あらためて、夢も希望もないわよね。

香月は、忍び笑いを漏らす。

「……こんな話を聞かせておいて、私を陸に帰すつもり？　随分、優しいのね」

「さて、どうだろうな」

「……にやにや笑わないでよ」

香月は、小さく息をつく。

「返事はわかりきっていると、言われているみたい」

「そうだな」

「じゃあ、どう伝えるべきだと思う？」

「そういうときこそ、おまえの悪知恵を聞かせてくれないか」

からかうように、烈英は言う。

香月は、つい笑ってしまった。

悪知恵。

なるほど、それは否定できない。

「珊瑚(さんご)の細工を、たくさん寧々に持たせましょう。そして、このかんざしを。嫁入りのときに誂(あつら)えたものよ。彼女を使者として、苑家に行かせるといいわ」

そう言って、香月は髪からかんざしを引き抜く。

「……苑香月は自害したと、伝えてちょうだい」

第八章　翠玉姫

——そして、数ヶ月の時が流れた。


「そういえば、最近は中原でも、珊瑚の花細工が流行しているってね」

「へえ、流行はこっちのほうが先じゃない」

「そりゃそうよ。珊瑚はあっちではとれないじゃないか」

「おかげで、いい儲けになっているわけだ」

市での行商人たちの会話が聞くともなしに聞こえてきて、思わず香月は微笑んでしまった。

丁波は、南江地域最大の都市だ。

政治的な混乱を反映するように無秩序だが、市場は賑わっている。

――寧々は、上手くやってくれたみたいね。

遠く離れてしまった、忠実な侍女の姿を香月は思い浮かべていた。

最初は、離れていきたくないと言っていた。それでも、香月の望みを叶えるためだと最後は納得し、そして離れていった。

緑旗幇に留まるという、香月の意思を汲んで。

香月が市に来ていたのは、市で人気の細工物の検分をするためだ。

島の作業場は、工房と呼べるだけの規模になってきて、珊瑚の細工にもみんな慣れはじめている。

珊瑚としての価値は高くなくても、柔らかくて加工がしやすいことに目をつけた香月は、それらを花や動物の形に彫り込み、装飾品とした。

最初は妓女に小さなものをばらまき、無理にでも流行と言える状態を作らせてから、高額のものを売り込む。

その手法のおかげで南江の花街で流行しだした珊瑚細工は、今は中原にまで広がっている。

そちらは、寧々のおかげだ。

香月は自害をしたふりで、島に残る。かわりに寧々は中原に戻って、この珊瑚細工を南江で大流行していると言って遊郭にばらまいてきてほしい……――そう、香月が頼みこむと、誰よりも香月に忠実な彼女は引き受けてくれた。

土産に渡した小間物を、上手く利用してくれたようだ。

生活に困らないだけの宝石を、寧々には渡してある。もう二度と会えないと思うが、彼女の恩を忘れないだろう。

「……それにしても、最近はやけに海賊が暴れてるらしいねえ。たしか、緑の旗の……」

「聞いた聞いた。たしか、馬大人のところを襲撃して、花嫁をさらったのも、緑旗幇だったね」

「さらわれた花嫁は、海賊に穢されるのを怖れて、自害したってね」

「ああ、婦徳の鑑って言われて、馬大人が顕彰碑を作ったって……」

なにげなく会話を傍らで聞きながら、香月は気が遠くなっていた。

――顕彰碑って、私のよねえ……。なんていうお金の無駄遣い……。まあ、いいか。私の財布から引き出されたわけじゃないし。

香月はこっそり、肩を竦めた。

しかし、ちゃんと死んだことになっているらしいのは、寧々が上手く立ち回ってくれたのだろう。

いったい、どんな死に様に脚色されたのかは、気になるところだけど。

なにからなにまで、寧々には感謝だ。

香月は今となっては、緑旗幇の一員だった。

よそものの自分が、烈英に重用されることも受け入れてくれた、彼らのおおらかさには感謝をしている。

頼られるのは、嬉しい。

――さて、そろそろ船に戻ったほうがいいわね。いくら、顔を知られていないとはいっても、やっぱり居心地が悪いわ。お尋ね者の一員だもの。

南で一番の港であるこの丁波から船に乗り、これから香月は風光明媚をうたわれた四美島に移動する。

そして、そこには宵闇にまぎれて、緑旗幇の迎えが来ているはずだ。

南海王府のお膝元までは、目立つ形では近づかない。

いくら早い船を利用しているとはいえ、用心に越したことはなかった。

――ただでさえ、最近は挑発行為をしているしね。……これまでの例を考えると、そろそろあっちから懐柔の使者が来てもよさそうだけどね。

海賊に対する恵(けい)の国の対応を思いだしつつ、香月は考える。

なにも、海賊と王府の取引というのは、夢物語というわけではなかった。

恵の国の海賊は、本業が密貿易船である場合が多い。

そのため、貿易に正式な認可を出すかわりに、海賊を廃業するよう交渉するというのが、すでに政が強い力を失いつつある恵の国のやり方だった。

それはそれで美味(お)味(い)しい話だが、あいにくと烈英の望みは他にある。

しかし「交渉」できるという事実を、利用しない手はないのだ。

——それにしても、暴れたもの勝ちって、最悪の対応よね。まあ、私の立場で言うようなことじゃないけれどさ。

香月は、内心肩を竦めていた。

——海賊だけじゃなくて、欧州の船からも武力で脅されて、特別な商業地区を作るっていうことを南海王府はしているみたいだし……。それにつけ込まない手はないわよねえ。

恵の国は、本当にがたがたになっている。

そろそろ、国の形を保つのも危ういのかもしれない。

——でも、まあ、仕方ないわよね。だって、国を保てるような人たちが、政をしていないんだもの。

市場の様子を、くるっと香月は見回す。

無秩序で、退廃的で、賑わっていて……——そして、誰もが倦んだ目をしていた。

——ねえ、みんなそう思わない？　役に立たないなら、壊してしまってもいいんじゃないって。

そして、壊したあとに、新たに価値のあるものを作り上げることが、きっとできるのだから。

＊　＊　＊

無事に母船に合流すると、桃水が香月を出迎えてくれた。

「おお、帰ってきたか。俺たちの翠玉姫！」

「……その呼び方やめてよ」

香月は、しかめっ面になる。

「いやいや、烈英も言っていただろ。あんたは、緑旗幇の掌中の珠だと」

物資横流しの疑惑を晴らして以来、桃水はとても香月贔屓だ。

香月が緑旗幇に残ることも、彼はとても喜んでくれている。

しかし、やたらきらきらした、ちょっと気恥ずかしくなるようなあだ名で呼ぶのは、本当にやめてほしかった。

「……宴席での戯れ言の話はいいわよ。私に、なにか用だったんじゃないの？」

「ああ、次の出航に向けて、食料品の備蓄量を相談したい」

「了解。じゃあ、まず帳簿を見せて」

「はいよ」

桃水は、香月に帳簿を渡す。

横流し疑惑の一件からというもの、桃水は面倒がりつつも、毎回の記録をつけるようになっていた。

それをまとめるのは、香月の仕事だ。

「これ、前回のものだけ？　駄目よ、前回も、前々回も……。そうね、五回分はいるんだから」

「ああ、悪い悪い。そうだったたな」

桃水は頭を掻く。

「どれだけ食品を使うかなんて、その時々でばらつきがあるんだから、何回分かをつきあわせて見比べておかないとね。献立の組み合わせ次第で、かなり食材の消費は抑えられるし、好みもわかれば無駄もなくなる」

「なるほどなあ。俺も、もっと料理を覚えないと」

「そうね、大事なことだわ」

緑旗幇の人々は、寄せ集めだ。

そして、手探りで海賊をやっている。

――こんな状態で海賊って、烈英もたいがい無謀よね。ただ、武という面では特化されているみたいだから、それはありって感じなのかしら。

烈英や、この桃水などは、もともとは官の武人だったようだ。アンドリューはどうやら商船に乗っていたようだが、舵をにぎる仕事だったらしい。緑旗幇に偏りが出やすいのは、事務方がいないせいかもしれない。

もっとも、海賊というのは大ざっぱでもなんとかなるものかもしれないのだが。

たとえば、緑旗幇のように、大勢の人を食わせるための海賊じゃなければ、先のことなどを真剣に考えなくてもいいし。

――桃水は体が不自由になって、厨房の係になったっていうことみたいだけれど……。もともと、烈英のほうが上官だったぽいのよねえ。あっちのほうが、断然若いのに。つまり、烈英はおそらく、特権階級の――。

香月は、どうにもその言葉が引っかかっている。

宮城で育ったと、烈英は言っていた。

――まさか、王の一人ってことはないだろうけれど。

皇帝の子孫の男子は王の地位を戴くことが多い。

たとえば、目下、緑旗幇が敵としている南海王府の長、南海王もそうだった。

宮城で育ったというのが言葉どおりなら、烈英は彼の親族ということになる。

――でも、そんな高位の人が行方不明になったら、絶対に話題になっているはずよ。家の奥に引きこもっている、女人の耳にも入るような。けれども、そんなことは、私が中原にいる間は、一度も聞かなかったわ。

香月は首を捻る。

いったい、烈英はどんな身の上なんだろう。

好奇心がないわけではないけれども、本人が隠しているのなら、詮索するのも気が引ける。

「今度は貿易？　それとも――」

「王府の船を、また仕留めに行ってくる。そのためには、腹ごしらえをしなくちゃな」

「……そう」

たとえ目的があるとはいえ、海賊行為だ。

彼らを送り出すときに、葛藤がないと言えば嘘になる。

――でも、良識だの、婦徳だの、そういうものと私は決別したのよ。

香月は、腹を決めている。

もくろみが上手くいっても、いかなくても、香月は緑旗幇に与している。

ここでなら、香月は認められている。

才をいかせる。

その愉悦と高揚感は、なにものにも代えがたい。

――桃水と厨房の打ち合わせをしたら、平信のところに行って、工房を確認して……。

あと、山になにか売り物がないか調べてもらっているはずだけど、どうなっているのかな。

琥珀とか、なにか景気よく埋まっていないかしらね。翡翠でもいいのよ。

やるべきこと、考えることがたくさんある。

身のうちから、充実感が湧き上がってくるかのようだった。

＊　＊　＊

「船が帰ってきたよ！」

子どもたちの叫び声が聞こえてきた。

工房で作業していた女人たちが、顔を見合わせる。

「ああ、お迎えに行かなくちゃ」

「烈英様、ご無事かしら」

特に若い女人に、烈英はとても人気があるらしい。

香月からすると、おおらかに構えすぎていて、ちょっと頼りないような気もするけれど、それが「優しい」という評価になるらしい。

——優しい、か。でも、食えない人だけど。

香月は、小さく肩を竦める。

もっとも、そうじゃなかったら、これまでの人生を捨てることなんて、香月は考えなかっただろうけれど。

——今回も、無事でよかったわ。

香月も、自然に笑顔になっていた。

船の質で上回るとはいえ、毎回戦闘になっているのだ。

もしものことだって、ありえる。

「香月！」

先陣を切って船から下りてきたのは、烈英だった。

彼はなぜか、矢を握りしめている。

「……烈英、どうしたの？」

「見ろよ、今回最大の成果を手にいれた」

得意げに、烈英は笑う。

「成果……？」

「ああ、南海王府への招待状だ」

「それ、矢文だったの……！」

香月は、目を丸くした。

烈英は、矢にくりつけられていた手紙を広げる。

墨蹟（ぼくせき）が、目に染みいるようだった。

――たしかに、なによりもの宝を手に入れたわ。

香月は、微笑む。

大きすぎて、夢物語としか思えない野望へ、一歩近づくのだ——。

第九章　彼方から来た男

暴れるだけ暴れて、南海王府との交渉の席につく。

その目標が達成されたことで、烈英は香月、アンドリュー、そして島の民のとりまとめをしている平信を呼び寄せた。

「――さて、俺たちは望んでいたものを手に入れたわけだ。香月、次はどういう手を使っていこうか？」

烈英は、まずは香月に問いかけてきた。

――案外、冷静なものね。

烈英の態度は、香月に安心感を抱かせる。

彼は少なくとも、これが終着点ではないことを知っているようだ。

そのあたりは、興奮気味の平信とは違う。

平信は、もともと王府には、民草とまとめてひとくくりで扱われる人のひとりだ。まともに、自分たちの声を聞いてもらえない立場だった。

だから、彼にとっては、王府が交渉の席を用意したというだけで、信じられない偉業を成し遂げた心地になるのだろう。

「私に聞く前に、あなたが自分の考えているところを明かせばいいでしょう？……って、わけにもいかないか。あなたが先に意見を言っちゃったら、他の人が意見を出しにくくなるだろうし」

香月は、小さく肩を竦める。

――私はあまり気にしないけれど、そういうわけにもいかないでしょ。

烈英がどれだけ頼りなかろうとも、彼こそが緑旗幇（りょくきへい）の頭目だ。彼に反対する意見は、きっと出しにくい。

もっとも、それもあって、遠慮のない香月を烈英は重宝するのかもしれないけれど。

「頭目の意見は最後の総括のほうがいいものね」

香月の言葉に、烈英は可笑（おか）しそうに笑った。

「真の頭領はおまえじゃないかというヤツもいるな。……なあ、翠玉姫（すいぎょくき）？」

「やめてよ、その呼び方」

香月は、渋い表情になる。

きらきらとした呼び名は、どうにも居心地悪く感じてしまう。

「それにしても、ここまで来たか……」

矢文を手にした烈英は、しばし感慨に耽っているように見えた。

問題は、ここからの交渉となる。

南海王府に、「制圧するよりも土地を与えておとなしくさせたほうがマシだ」と判断させれば、烈英の夢にひとつ近づくのだ。

しかし、貿易の許可を出すのと違い、さすがに領土を渡せというのは、相手に呑ませるには難しいだろう。

――どうにか、上手いことやる算段がないわけじゃないけれど……。今のままだと、もう一押し足りないってことになりそうなのよね。

香月は、少し考えこんでしまう。

「先方の提案は、貿易の許可だな。それでは不足ということなら、南海王府の海軍となるならば、身の安全を保証しようということだが……。これでは意味がない」

「海軍？」

香月は首を傾げる。

「他の海賊を取り締まれ、と。どうやら、俺たちの船の性能の高さを買ったらしい」

「……それって、他の海賊からなら奪略してもいいってこと？」

「そうだろうな」

「気が利いてるわね」

香月は、少し考えこむ。

王府にしては柔軟な発想だし、南海王府の今までの海賊への対応と、少し違っている気がする。

かすかな違和感。

それが、いいものか悪いものか、今のままでは判別がつかない。

「最初から、先方がこちらの望みどおりの誘いをかけてくるはずもない。交渉次第ということになるな」

アンドリューは、思わせぶりに烈英を見つめる。

「どうする、烈英？」

「……交渉相手に、南海王府の南海王燎梓恩（りょうしおん）の補佐役である三司官のひとり、桂夏祥（けいかしょう）が出てくると、少々厄介なことになるだろう」

烈英は、考えこむような素振りを見せた。

「知り合い？」

香月は、問いかける。

今の南海王府の三司官のひとりには、中原から来た有能な男がいると聞いていた。

「ああ、子どもの頃のな」

小さく、烈英は息をつく。

「だがまあ、いつまでも逃げ隠れしていても仕方がないか。問題は——」

烈英は、押し黙る。

「どうしたの？　その桂夏っていう変わった名字の人に会うのが怖いっていうわけ？」

香月の言葉に、烈英は苦笑する。

「怖い……。そうだな、あいつは頭が切れるし、そういう意味でも怖いヤツだ。俺のごまかしなど、そうそうに見破るだろうし」

いくら四人しかいない場とはいえ、もっとはっきりと「大丈夫」と言えばいいのに。こう、イマイチ自信がないところが、烈英らしいといえばそうなのだが。

——桂夏という人が不安要素になるのか。

いったい、どれほどの男だというのか。

「……ちょっと、ここに来て臆病発揮してどうすんの」

「ああ、翠玉姫、それはちょっと違う」

烈英より先に、平信が口を挟んできた。

「平信も、その呼び方やめてってば……」

「あんただって、貞女の鑑として死んだはずの苑家の三番めの娘だってばれたらまずいだろ」

平信は、想いもかけないことを言い出した。

――苑家のことなんて、ここしばらく考えたこともなかったわ。

香月は、眉を顰めた。

自分は、情の薄い娘なのかもしれない。

それだけ、新しい生活に夢中になっていた。

「それは……。そうね。正直、苑大人の地位が失墜しようとも、たぶん私は悲しくない。基本が薄情者なんだけど……。なにかあったら後味は悪いわね」

「つまり、烈英も同じじってことだ」

平信の言葉に、香月ははっとする。

――そうだわ。烈英に、もしも今でも中原の家族がいたら……。

烈英は、苦笑を漏らす。

「すまない、平信。気を使わせてしまった」

「いや、俺のほうこそ……。すまんな。俺たちのために、おまえは中原の家族とも再会できない状態になってしまっている」

「烈英は中原にまだ家族がいるのね」

平信と烈英のやりとりを聞いていれば、香月も察することはできた。

つまり、烈英は中原での知り合いに正体がばれるとまずい……――おそらく、累が及ぶ家族がいるのだ。

「まあ、いつまでも隠しておく話じゃないか。香月も、俺の仲間のひとりなんだし」

烈英は、じっと香月を見据えた。

「俺の父は、この南の地の生まれだ。それは、嘘じゃない。……ただ、母は中原で生まれた、公主の身分だ」

「……！」

香月は目を丸くする。

宮城で育ったと言っていた烈英は、間違いなく上流階級の人間だとは思っていたが……

――まさか、母親が公主だとは思わなかった。

つまり、彼は皇帝の血を引くということになる。

「先代皇帝の直系の孫娘のひとり、慶安(けいあん)公主が俺の母だ」

「じゃあ、父方も釣り合う身分だったんじゃないの？」

香月は、当然の疑問を投げかける。

皇帝の孫娘となれば、それなりに釣り合う家柄でないと、降嫁することは不可能だろう。

「ああ。かつて南方に存在した惠の国の朝貢国のひとつ、南寿が俺の父の国だった」

「朝貢国……。つまり、あなたの父親は王だったということね」

惠の国には、いくつかの属国がある。

貢ぎ物を送るかわりに王として認められる、朝貢国。烈英の父親は、その国の主だったということになる。

——そんな人が、どうして海賊なんてやっているの？

彼の身分ならば、他のやり方で民を救えただろうに。

そう思った香月だが、ふと気づく。

南寿という国は、今はもうないということに。

「……南寿の名前だけは、聞いたことがあるわ。私の師父が滞在していたことがあるって」

香月は、あまりこの話を続けたくなくなっていた。

どう考えても、烈英に心の傷を語らせることになってしまうのではないか。

しかし、烈英が話を聞いてほしいと望むのであれば、香月は耳を傾ける義務があるのではないだろうか。

「もともと惠の国は外つ国に閉ざされているから、ゆかり深い朝貢国に拠点を作って、そこから惠の国へ入りこもうというやり方を、外つ国の人々は選ぶらしいわね」

教会の師父に教えられたことを、香月は思い出す。

師父もまた、南寿に拠点をおき、そこからせっせと宮城に貢ぎ物をして、ようやく入国を認められたということらしい。

それほどまでに、惠の国は外つ国にとって魅力的なのだろうか。

それとも、美味しそうな香りでもしているのか。

爛熟し、腐敗し落ちる前の、果実の香り――。

「……なるほど、あなたの師父という人は面白い人材のようですね」

アンドリューは、小さく笑う。

彼は物言いたげな表情で、香月を見つめる。

だが、それ以上はなにも言おうとせず、小さく頭を横に振るに留めていた。

そして、口調をあらためて、尋ねてくる。

「香月、話はずれますが、あなたの師父は、こういう仕草をしましたか？」

そう言うと、アンドリューは右手の中指とひとさし指を揃えて、自分の額、胸、右肩、左肩に、とんとんとんとんと触った。

まるで、数字の十を描くかのように。

「……もしくは、この反対の動き。あるいは――」

右と左を逆にして、また同じように動かしてみる。アンドリューは指の組み方を変えたり、いろいろ試していた。

「祈るときに、こういう仕草をするように、あなたにも勧めませんでした？」

「……どちらでもいい、と言われたわ」

アンドリューがなにを気にしているのか、香月にはわからない。

でも、たいして秘密にしておくこととも思えなかったし、香月は拘りなく、師父に言われたことを語った。

「なるほどね」

アンドリューは、なにか納得したかのように微笑んだ。

「あなたの師父は、私の国の人かもしれない」

「えっ、そうなの？　なんで、こんなのでわかるの」

「派閥によって、特徴のある仕草なんですよ」

アンドリューは、冷やかすように笑った。

「……なるほど、中原にもちゃっかり潜りこんでいるということか。たいした度胸だな」

ぽつりと呟いたその言葉が、やけに香月は引っかかる。

──アンドリューって……。そういえば、なんでここにいるのかしら。ううん、『居続けて』いるのかしら？

前々から、香月は彼に疑問を抱いている。

アンドリューが優秀で、烈英の腹心であり、参謀という立場であることは疑っていない。だが、彼には謎がある気がしていた。

その謎が、今、明らかになった気がする。

──どうして、帰れるはずなのに、帰ろうとしないの？

じいっとアンドリューを見つめてしまっていたらしく、彼は香月ににこっと微笑みかけてきた。

あなたの疑問はお見通しですと言っているのか、それとも考えすぎですよと言いたいのだろうか。

「どうしました、香月。私の顔に、なにか？」

「いつもどおり、とても綺麗よ」

この場でぶつけるべき疑問ではないだろうと、香月は判断する。かわりに、からかうようにアンドリューの顔立ちを褒め称えた。

「それは、ありがとうございます」

冗談めかした香月に対して、しれっとアンドリューも微笑みかえしてくる。

「……」

「……」

そのあと、ふたりは無言で見つめあってしまった。

視線で、刃をかわすかのごとく。

「……なんか怖いぞ、おまえたち」

烈英は、小さく頭を横に振る。

意味はわからないまでも、雰囲気を察する勘は、烈英は優れているようだった。

「それはともかく、話を戻しましょう」

香月は、小さく咳払いをした。

アンドリューの秘密は、もしかしたら香月にとっては「使える」ものかもしれない。ここで、彼とこじれることはないのだ。

……話など、あとからすればいい。

「要するに、烈英の母公主さまが中原にいるから、なるべく中原の人たちに正体をさらしたくないわけね？」

「ああ。父の国は俺が物心つく前に滅ぼされてしまったんだ。父が自害したあとに、俺と母は宮城に引き取られた。俺はそこで、廷臣になるべく育てられたんだが――」

「自害……」

「そんな顔をしなくていい。俺は、父の顔を覚えてもいないしな」

自害と言われると、どうしても香月は母のことを思い出す。

それが、顔に出ていたようだ。

――私が李春雨(りしゅんう)の娘と知って様子を見に来たのは、もしかしたら父王のことを思いだしたからなのかしら。

物心つく前のこととは言っても、父親がいないという事実には変わりがない。

そのことを、烈英はどう受け止めていたのだろうか。

「……でも、あなたは廷臣にはならなかった」

「最初から、そういうつもりじゃなかったんだがな」

烈英は、苦笑いする。

「俺はもともと、南海の海賊を制圧するべく、中原から派遣された将のひとりだったわけだし」

「ええっ」

香月は、はっとした。

そういえば、海賊を掃討するために、中原から派遣された軍隊があったはずだ。

まさか、烈英がその将だったとは。

さすがに、考えもしなかった。

「だが、嵐で船が難破して……。平信に助けられたんだ。当時、南海王府の海岸線を小規模に荒らし回っていた、海賊に」

「じゃあ、もともと平信が海賊の頭領だったの？」

香月は、疑問の視線を投げかける。

たしかに、彼の振る舞いには、島民の頭領らしい態度が見受けられた。体の傷跡は、逃げだすときに追っ手と戦ったというだけではないようだ。

「俺はただの漁民だった。……だが、それじゃあ食えなくなってな。仕方なく、海賊の真似事をしていたわけだ」

「……じゃあ、あなたが本当は烈英に退治されるべき人だったわけね」

「ああ、そのとおり」

平信は、大きく頷いた。

「もっとも、島に逃れるときに、武器も漁の道具も持ちだせず、木偶の坊になっちまったがな」

「それでも、平信は俺を助けてくれた」

烈英は言う。

平信と烈英は視線を交わす。

お互いへの信頼と感謝が、傍で見ている香月にも伝わってきた。

「烈英は、俺たちの話を聞いてくれた。……そもそも南海王府の連中が余所者の密漁を取り締まってくれないせいで商売が上手くいかないのに、税の取り立てだけはしっかりやってくるし、馬家は足下を見て買いたたいてくるし、ふんだり蹴ったりだった俺らに同情してくれたんだ」

「それで、そのまま中原に帰らず、ここに留まったってわけね」

「もとは、俺の父祖の国があった場所だ。そこで暮らす人たちだ。母のことを考えないわけではなかったが、どうしても彼らの困窮を見て見ぬふりはできなかった」

烈英は、深く溜息をついた。

「しかし、そろそろ決断をするしかないな。母公主は惠の国の公主であることに誇りを持っている人だ。俺の気持ちは、きっとご理解いただけない」

「どうするの？」

「……俺には、母はいなかったものと考える」

重苦しい声で、烈英は呟いた。

――ああ、この人は『王様』だったのね。ううん、本当は王様になるべき人だったということなのね……。

香月は、しみじみと烈英を見つめた。

人を思う情のある人が、上の立場になるのは、とてもいいことだ。

たとえ、そのせいで頼りなく見えることがあったとしても。

「おひとよしね」

香月は、小さく微笑んだ。

「……でも、私はおひとよしが好きよ」

別に、からかっているわけじゃない。

香月は本気だ。

烈英の大きすぎる夢を、本気で叶(かな)えたくなってきた。

香月は、烈英の手を握る。

「ねえ、烈英。私を交渉に出してくれる？」

「……なんだって！」

さすがに、烈英は驚愕する。

香月は、いたずらっぽく微笑んだ。

「私を、緑旗幇の真の頭領、翠玉姫と呼ぶ人もいる。……そうでしょう？」

そう言って座を見回すと、男たちはみんな困惑した表情になる。

いくらなんでも、そこまでさせるつもりはない、と。

「それに、こんな呼び出し、罠の可能性もあるじゃない。その場合、一番死んで困らない人間が行くべきよ」

「いや、死んだら困る」

烈英は真顔になった。

「おまえがいなくなったら、誰がうちの財を管理してくれるんだ」

香月は、小さく笑う。

こんなにも、必要とされている。

そのことを、幸いに思った。

「人手不足は承知しているし、私もそうそう死にたくないわ」

香月は、冗談めかして付け加える。

だから、別に死ににいくつもりはない、と。

「……でも、私は緑旗幇という組織を維持する上では、あなたたちほど重要人物じゃない」

誰にも勘違いしてほしくないのは、香月は自分の力を卑下しているわけじゃない。不用の者とも思っていなかった。

少なくとも、緑旗幇での生活で、居場所のなさを感じたこともない。

香月は冷静に、誰が優先されるべきか考えているだけだ。

「島の生計を立てる方策だって私が言い出したけれど、今はみんなで知恵を出し合うようになっているでしょう。私ひとりいなくなっても、どうにか乗り切れるわよ」

香月は、烈英に訴える。

「でも、頭領のあなたが死ぬのは駄目。……未来に希望を持てる人は、生き残るほうがいいわよ」

「香月……」

「そんな顔しないでよ。いつもみたいに軽い感じで、私に仕事を預けなさいよ。……あなたの仕事は、采配(さいはい)でしょう？　ねえ、王様」

にっこりと、香月は微笑む。

自分なら、上手く交渉できるはずだと思いあがっているわけじゃない。

でも、命と引き換えになるかもしれない、危険な賭なのだ。

それならば、香月のほうがよりふさわしい。

――母様が死ななければ、私は穢されていた。あそこで、未来を失う可能性があった。だから、今の私の命は、おまけみたいなもの。母様のおかげで、与えられた余命でしかないわ。

香月は、小さく息をつく。

――ならば、今度は私が誰かのために、この命を使ったっていいんじゃないの？どうせ、死んだことになっている身だ。

香月は、緑旗幇に居場所を見いだした。

そして、その居場所のためになら、生きて死ねる。

「まあ、死ぬと決まったわけじゃないしね。女が出ていったら、それだけで驚くでしょう。猫だましみたいだけど、そこから上手く話を運べたりしないかな」

「あの祥にそれが通用するかわからんが……。まあ、試してみる価値はあるな」

それは、了解の言葉でもあった。

しかし、烈英はまだ煮え切らない。

「特に、おまえであれば」

烈英は珍しく、香月の頭のてっぺんから足の先までをじろりと視線を這わせた。

そして、ひとりで頷いている。

「よくわからないけれど、桂夏祥という人は、それほど切れ者なの？　いったい、どういう人なのかしら」

「そうだな」

烈英は腕組みをする。

「俺の知っている頃のあいつと変わらなければ――」

眉間に皺を寄せた彼は、ちらりと香月を一瞥した。

そして、厳かに告げる。

「……中原一の女好きだ」

「そう。私、その人のこと嫌いになれそう」

烈英よりも深々と、香月は眉間に皺を寄せる。

冗談にしても、できが悪い。

しんねりとした香月の視線に気づいたのか、烈英は小さく咳払いをした。

「言っておくが、これは本当だ。冗談じゃない」

「なお悪いわ」

「でもきっと、祥はおまえが好きだぞ。……女であるというだけで、あいつに愛される対象になる」

「どういう人なのよ、それ」

「一口で言うのが難しいな」

烈英は、首を傾げている。

「桃水は知っている人？」

「桃水の官位では、顔を合わせる機会はなかったな」

烈英と同じく、桂夏祥という男は宮城での身分が高かったらしい。そう、香月は目算をつける。

中原の上流階級で女好きというだけで、香月の中で好感度はただ下がりだ。どうしたって、幼いときに香月に目をつけた好色な男を思い出してしまう。

「……で、色仕掛けがきく程度の、『頭が切れる』男なわけ？」

「残念ながら、きかない程度に『頭が切れる』。女に対して博愛すぎてな。色仕掛けが効くようなかわいげがない」

「よくわからないけれど、かなり複雑な人ということなのかしら」

「複雑……。そうだな、俺よりは」

どちらかといえば真っ直ぐわかりやすい烈英に複雑と言われたところで、複雑さの深度は測れない。

アンドリューが言うならともかくとして。

「そういえば、アンドリューは知らない人？」

「もちろん。私は、ただの漂流者ですよ。ただ、この船という大きなおまけがついてきただけです」

アンドリューは、小さく首を横に振る。

「ですから、桂夏祥という人物のことは知らないので、判断しかねますね。非常に、興味深い人のようではありますが」

「交渉の手のうちが読めそうな人だと、やりやすいのだけど。もしかして、すごくやりにくい？」

「のらりくらりと、話をかわされる気がするな。アンドリューともまた違う、食えない男だ」

アンドリューのことも、一応「食えない男」程度の認識は持っていたようだ。

烈英は、首を傾げ傾げ言う。

「だが、いきなり手荒な真似をされることはないだろうという利点はあるな」

「どうして？」

「まず、香月が女であるかぎり、あいつは口説きを入れてくる。本能のように口説く」

烈英は言葉を切ると、ちらりと香月を一瞥する。

「そんなわけで、おまえが女である限りある意味有利で……、だが、きっと女であるゆえに、不愉快な男だ」

「別にいいわよ。女だろうが男だろうが、愉快だろうが不快だろうが、それが仕事相手だっていうのであれば、お相手しましょう」

香月は、小さく息をつく。

「……ただ、出会い頭に殴ってしまうかもしれないわ」

何気なく口にしたとき、香月は不意に気づいた。

――出会い頭、ね……。

思いつきが形にできるかは、相談次第。そう思うが、なんとなくいい手を思いついた気がする。

あと一歩、話を飲ませるのには足りない部分を。

ちらりと、香月はアンドリューを一瞥する。

――ちょっと協力をしてもらうわよ。

香月は、くちびるを引き結ぶ。

自分がやろうとしていることは、難題になる。

それでも、やるしかない。

少しでも、烈英の夢を実現に近づけるために。

そして、今となっては、香月の夢でもあるのだから。

＊　＊　＊

「——こんなところに呼び出して、いったい何の用ですか？」

「ごめんなさい。あなたに、どうしても聞きたいことがあったのよ」

夜になるのを待って、香月はアンドリューを集落の外れに呼び出していた。

今日は月明かりがまばゆい。

夜歩きも、怖くはなかった。

「私に、聞きたいこと？」

アンドリューは、訝（いぶか）しげに首を傾げる。

「そう。南海王府との交渉の前に、どうしても聞きたいことがあって」

「と、言うと？」

「あなたは、どうしてここにいるの」

静かに、香月はアンドリューを見据える。

烈英の腹心。

香月にとっても、頼れる仲間。

最初に、香月の才を買ってくれた人のひとりでもある。

アンドリュー自身が緑旗幇に必要な人材だということは、香月は疑っていない。

そして彼は、少なくとも今は緑旗幇のために尽くしている。

たとえ、どのような目的があろうとも。

アンドリューは、静かに香月を見返してきた。

平然と、まっすぐに。

「……どういうことですか？」

「あなたは、漂流していたところを救われたと聞いたわ」

「ええ。疑わしいのであれば、平信に尋ねればいいでしょう。あなたも知ってのとおり、彼は嘘がつける人間じゃない」

「わかっているわよ。……それに、別に私はそれを疑っているわけじゃないのよ」

だ。

月明かりを浴びたアンドリューの髪は、まるで宝玉のように輝いている。

遠い外つ国の民族の色合いを持つ男は、この島に馴染んでいるようでいて、異分子なのだ。

「あなたたちの船は、略奪品を南洋で売りさばいているでしょう？　そうなると、あなたはその気になれば、南洋の市からつてを辿り、国に戻れるはずよね。それなのに、どうしてここにいるのかが、不思議なのよ」

ここにいることが、不思議なのではない。

残りつづけていることが、不思議なのだ。

香月の質問の意図が、わかったのだろう。ああ、とアンドリューは呟いた。

「烈英が気に入ったから、というのは理由になりませんか？」

謳うような抑揚をつけて、アンドリューは囁く。

もしかしたら、からかわれているのかもしれない。

「あるいは、国に居場所がないとか」

「そんなふうに理由を並べるあたり、ふたつとも違うんでしょ」

香月は、小さく息をつく。

「あなた、本当は『この国にいる』こと自体が、目的だったんじゃないの。……この国に、潜りこむことが」

「……ほう？」

アンドリューは目を細める。

「どうして、そう思いましたか」

「あなたは私の師父のことを『潜りこんでいる』って言ったじゃない。中原までいけたんだ、って驚いているようにも聞こえたわ。……そう、多分あなたと師父は同じ国の人なのよね。もしかしたら、同じ目的の」

「……」

アンドリューは黙りこむ。

やりこめられたというよりも、香月の言葉の続きを待っているかのようだった。

そして、香月がどの程度……──わかっているものなのか、問いただそうとしているようにも感じられた。

「もう一度聞くわ。あなた、本当は自分の国に帰れるのに、わざとここに居座ってるだけなのよね？　海賊として捕らえられ、異国で死ぬ危険を冒して」

「理由を、知りたいですか」

アンドリューは、ゆっくりと香月に近づいてくる。

彼は、うっすらと笑っていた。

「烈英が、恵の国を打倒しようとしていることは、きっとあなたは私よりも早く知っていたわよね。……それを知ったから、ここに居座っているの？」

責める意図はなく、ただ真意を把握したいゆえに、香月は問いかける。

アンドリューには、意外なようだった。

彼は、小さく首を傾げる。

「なぜ、私が他国の革命を手伝わねばならないのですか」

「他国だからよ」

きっぱりと、香月は言う。

「外つ国の人たちが、この国に関心を持っていることは聞いているわ。たしか、この南海王府でも、辺境から少しずつ外つ国の人々に居住権や商業権を与えたり、兵の駐留を許したりしていると聞いているわよ」

「そういう動きは、たしかにありますが……。それならそれで、なにも海賊なんかに肩入れすることはないでしょう」

アンドリューは冷笑した。

「年々、外つ国への警戒心が高まって、動きにくくなっている。あなたたちの国は、まだここに軍隊を派遣してくるほどの余力がなくて、情報を集めたりしている段階じゃないの？」

香月は溜息（ためいき）をつく。

「あなたたちも、そういう人たちの一人なの？……たとえば、私の師父も」

香月は、じっとアンドリューを見据える。

「でも、あなたは、たぶん私の師父よりも優秀なんだわ。ただ情報を集めるだけじゃなくて、恵の国が端から綻（ほころ）んでいくように動きはじめている」

「どうして、そんなことが必要なんでしょうね」

「熟れきった果物みたいに、縁からぐずぐずに崩れて壊れていきかけているこの国は、外つ国に対しては閉ざされている。だったら、もっと崩れさせて、入りこみやすくすればいいだけのこと。それとも、扱いがたい面倒な国の壊れる時期を、早めようとしているのかしら」

一呼吸置いて、香月は言う。

「そうして、次はもっとあなたたちにとっての都合のいい国を作る」

「……本当に、驚くほど聡（さと）い人ですね。私の迂闊（うかつ）な一言から、それを推測しますか」

アンドリューは、口の端を上げた。

彼は、香月の言葉を否定しない。

嘘はつかない人なのだ。

それは彼がいい人とか、根は善良だとか、そういう話ではない。

ただ、底が知れる浅はかな嘘をつくのは、自分の不利益になるだけだと、冷静に見極めているだけなのだろう。

「もし、私の目的がそういうものだとしたら、いったいどうしますか？」

「もちろん、手を貸してほしいのよ」

香月は、きっぱり言う。

「……は？」

珍しくも、アンドリューの虚をつくのに成功したらしい。

彼は、切れ長の瞳(ひとみ)を大きく見開いた。

「あなたは、いったい何を――」

「だから、手を貸してほしいのよ。あなたは、外つ国に、恵の国より優れた武力を持つ集団へと助けを求めることができる立場なんじゃないの？」

「……いいんですか？」

「なぜ、悪いと思うの？」

　香月はかぶりを振る。

「私が知りたいのは、あなたと、あなたの後ろにいる人たちが、私の思いつきに協力してくれるかどうかってことだけよ」

「あなたの生まれた国は、白蟻にたかられた古い家みたいなものですよ。この国は老い衰え、今にも息を引き取りそうですが……。でも、まだ美味しい」

　アンドリューは、口の端を上げる。

「『こちら』を利用しようとしても、もしかしたら全部食らいつくされてしまうかもしれないですよ」

「烈英を傀儡にして、あなたがこの国をめちゃくちゃにするということ？　今はまだ、あなたひとりしか潜りこめない段階じゃない。私はあなたを警戒するけれど、畏れたりしないわよ」

　それが、アンドリューの正体を勘ぐりはじめてから、香月が出した結論だった。

「もしも、兵を総動員して、恵の国を踏みつぶせるような力があるなら、とっくにそうしているでしょう？　でも、そこまでの力がないから、師父やあなたのような人たちが、潜りこんできている段階ってことよね。それならば、力関係は一方的じゃないわ。つまり、取引相手になれるってことよ」

「なるほど、理論整然としていますね」

まるで他人事みたいな顔をして、アンドリューは頷いた。

「つまり、あなたは私の目的を知りつつ、私を利用しようとするわけですか。実に大胆だな」

「利用するんじゃないわ、取引と言っているでしょう？」

香月は、アンドリューの言葉を否定する。

「ただ利用するだけだなんて、私はそんなひどいことを言わないわよ」

「ひどいこと？」

「だって、力を借りるなら、対価はいるでしょう。対価を払うのは商いの基本だし、信頼の礎だわ」

「あなたらしい」

アンドリューは笑っている。

冷笑というふうではなく、つい心をくすぐられてしまったと、言わんばかりだ。

「私は無力だから、優先しなくちゃいけないものがなにかを間違えたりはしない。アンドリュー、私が求めているのは、あなたにも『美味しい』取引よ。一緒に、美味しい思いをしましょうよ」

「……これは面白い」

アンドリューは、とっくりと香月の顔を覗きこんできた。

「私は劇薬かもしれませんよ。それなのに、飲み干そうと言うのですか」

「ええ、飲み干したいわ」

香月は、いたずらっぽく微笑んだ。

「それに、あなたは結構烈英のことが気に入っているでしょう？　面白いものを見たがっているっていう顔をしてるわよ」

「さて、どうでしょうね」

はぐらかすアンドリューだが、やはり否定はしない。

「烈英の夢は、私にとっても痛快よ。だから、私は彼の夢を叶える手伝いをしたいの。……そのことに、私の生きている意義はある」

「恋よりも情熱的ですね」

香月に押され気味だったアンドリューが、香月をからかおうとする。でも、それはあまり上手くいっていない。

「あなたもね」

香月は、真っ直ぐにアンドリューを見据えた。

「ねえ、私たち仲良くなれるわよ。たったひとりで知らないところに来て、情熱のためになら死ねる仲間でしょう」

アンドリューの立場からしたら、本来は中原に入りこむべきだったのだろう。

もの珍しい船を手土産として、皇帝に取り入って。

しかし、それをアンドリューは選ばなかった。

それよりも早くに平信や、烈英に出会ってしまった。

そして、この冷静な男は、あやうい賭に身を投じている。

──最後の最後で、あなたがどちらを選ぶか、私にもわからないけれど。

小さく、香月は笑う。

──でも、私たちを選ばせることはできるかもしれない。

結局のところ、アンドリューもまた香月と同じで、我が身を滅ぼすかもしれない高揚感を蜜の味だと思ってしまった人間なのだろう。

「あなたの情熱は、あなたの故国のものではなく、あなた自身のものでしょう?」

「……さて、どうですかね。でも、私もあなたとは魂の近さを感じますよ」

アンドリューは、忍び笑いを漏らした。

「私が生まれたのは、西の島国です。内乱が続いて引き裂かれた、ちっぽけな田舎。当然、他国が海の外に宝を求めて出た旅にも、乗り遅れています。……そう、この東洋でもね。そのため、普通の方法ではやっていけない」

「だから、そっと忍びこんでくるの？　古い家屋に入りこむ、白蟻みたいに。そして、いずれ中を食い破るために」

「私ひとりに、そんな力はないですよ。成り行き任せの人生です。見聞を広げるのもよし、世直しの手伝いをするのも悪くはない――」

そして、地方から反乱を起こさせて、中原の宮城を弱らせるという手段もとれる。

弱ったところを、さらに外から美味しくいただく。

――その前に、強く新しい国を作れば、こちらの勝ちね。

どきどきしてくる。

胸が締め付けられるような、この気持ちをなんて呼べばいいのか。

――あるいは、アンドリューにこちら側を選ばせることができればいい。

どのみち、今の恵の国の状態では、外つ国にいずれ滅ぼされるかもしれない。

既に、辺境から入りこまれつつあるのだから。

――この国は熟れすぎて、美味しい匂いがしているのかしら。だから、その匂いに引き寄せられた人たちが来るのかもね。

外つ国の人々に食い荒らされるくらいなら、内側から食い破ったっていいだろう。そう、香月は思う。

「ぞくぞくしているでしょう?」

アンドリューの瞳の奥を探るように、香月は問いかける。

「ええ、とても」

アンドリューは、深く頷いた。

ひっそりと、香月はアンドリューへと打ち明け話をする。

「私たちが楽しんでいることを知ったら、烈英は悲しむかもしれないわね。彼だってこの国からいらないって言われたのに、いい人だから……。この国を滅ぼし、新しい国を作るという野望とともに、痛みも胸に抱きつづけるのでしょうね」

私たちとは違って……──ひっそりと、香月は付け加えた。

「……そうですね」

「彼が悲しむのは、あなたも悲しいんじゃないの」

「さて、どうでしょう」

また、はぐらかすようにアンドリューは笑っている。

彼は狭間で揺れている人だ。

そして、その揺れを楽しむ、危険な男でもある。

「……アンドリュー。私たちはやっぱり、友達になれるわ」

「ふたり揃って、ろくな死に方はしないでしょうけどね」

「そうかも」

ふたりは、顔を見合わせて微笑んだ。

――では、この国を、美味しく美味しくいただくために、お料理の方法を考えましょう？

大事なものを、なくさないように。

第十章　お金で買えないものはない

……海賊たちが、南海王府から譲歩を引き出した、その日。


南海王府は、海の傍の小高い場所にある。

風光明媚を謳われる南江で、もっとも栄えている港、丁波。入り組んだ湾の美しい景観も、恵の国中に鳴り響いている。

その湾を見下ろす南海王府は、恵の国の王城の中でももっとも美しいと謳われる、白亜の宮殿だった。

——気に入らないな。

その男は、窓の外を見つめる。

——実に、この建物は気に入らない。

だが、どれだけ気に入らなくても、ここから移動するすべが現在はない。

あらたな王宮の造営は、あまりにも民に負担がかかる。

ただでさえ、不漁や不作で、民の不満は溜まっている。だからといって、思い切った減税もできないのが現状だった。

——なにも、贅沢を言っているつもりはないが……。だが、仕方がないか。湾に沿っているとはいえ、深く入りこんだ立地条件ということで、我慢をするしかないのかもしれない。

筆で、書き付けだけ残す。

王宮の移転、と。

いつ叶うかわからない。

優先課題は、たくさんある。

——あいつの情報を探しに行くことも叶わないままだ。

赴任して半年。

男ひとりが動いたところで、なにもかも手遅れだ。

それはわかっているのだが、延命させるのが己の義務ということも、よくよく理解をしていた。

この先、たかが十年、二十年しかもたない平和だろうとも。

──もっと思い切った手をとったところで、誰も咎めないかもしれないが……。だがまあ、今できることではないか。

あいつがいれば。

声にはせずに、男は小さく息をつく。

「……殿下」

部屋の入り口で跪拝されて、男は顔を上げた。

そして、苦笑する。

「殿下なら、中庭だ。こちらには、いらっしゃらない」

そう、この執務室に、南海王殿下と呼ばれる男が足を踏み入れることは、ほとんどなかった。

今頃、花園に寝転がっているだろうか。

花びらを踏みつけ、踏み荒らし、ご満悦だろうか。

──ああ、困った方だ。

そう思いつつも、彼を見ていると鏡を覗きこんでいるような気持ちになる。

同じ結末を見据えている彼は、その結末が少しでも美しいものになることを望んでいる。

そして男は──。

「こ、これは失礼しました」

「気にしなくていい」

男は筆を置くと、ゆっくりと侍女に近づいていく。

花の盛りは短い。

目の前のこの娘にとっても。

「たとえ殿下と呼ばれても、君の妙なる声を聞き、花のかんばせを見られたのだから」

甘ったるい声で、女に囁きかける。

そういえば、新顔だ。

懐かしい、中原のなまりにそそられた。

「お戯れを……」

消え入りそうな声は、控えめだった。

そのくせ、期待に満ちている。

「戯れなどで、あるものか」

閉じた扇の端で、男は女の顎を持ち上げる。

期待をこめて見上げられると、応えなければならない気がした。

——これも、役得か。

この部屋の本来の主であり、この女を寵愛する唯一の権利を持つ男は、ここにはいない。いたところで、気にするような人でもないのだが。

どうせ花の盛りは短いのだから、大勢に愛でられるほうが幸福だろうと、悪びれもせぬように言うのが主だ。

退廃と享楽、爛熟と腐敗。

彼は、この国そのものでもある。

「……罪を犯してしまいそうだ」

甘い囁きに、侍女は頬を赤らめた。

「あの、わたくし……っ」

体をしなるように、彼女は身じろぎした。

近づきすぎた距離に、怯えるかのように。

「可愛い人、こちらを見ていなさい」

「……いけません、こんな」

女はか細い声で呟く。

本気で抗われていることに気づいて、男は眉を顰めた。

珍しい。

誘いをかけてきたようでいて、怖がられるとは思わなかった。

まるで男嫌いのような。

興が削がれるな。

いやがる女に、手を出す趣味はない。女への好色な気持ちはあっさり薄れて、かわりに好奇心が疼(うず)いた。

さて、この女は何を考えているのだろう?

女は先ほどの駆け引きめいた素振りを忘れた顔で、冷静に男の名を呼んだ。

「桂夏卿(けいかきょう)――」

＊　＊　＊

緑旗幇と南海王府の交渉は、矢文が届いてから三ヶ月後と定められた。

なるべく交渉を遅らせたかったのは、緑旗幇側には準備期間が必要だったからだ。そしてまた、南海王府としても、中原との協議の時間は必要だったようだ。

三ヶ月あればどうにかなると思っていたものの、あれこれ手を回しているうちに、あっという間に時は過ぎていってしまった。

――信じられないわ。もう季節が変わってしまったなんて。

香月は、小さく息をつく。

――でもまあ、準備はまずまず整った感じかな。どうにかなると思いたいわね。楽観はできないけど……。

幾度かに亘る文のやりとりから伺い知れたのは、南海王府側は、どうにか厄介事を回避したいという気持ちが強いということだ。

南海王府は中原から遠く離れていて、あまり手助けも望めない。

しかも、海岸線が長いことから長年海賊に頭を痛めており、少しでも活動を抑えつけたいと考えているようだった。

　そこに、つけいる隙はある。

　――小さな一歩で構わない。

　香月は、欲張るつもりはない。

　望みはささやかなものだし、南海王府側にも損はさせないつもりでいる。

　――得したと思ってもらうのは、商いの基本よね。お得意さまになって、末永くおつきあいしていくのであれば。

　損得の算術によって、香月は解を導きだしていた。

　――烈英に公としての肩書きが与えられるのであれば、領地の広さなんて些細なこと。足がかりなんだから、贅沢は言わないわ。

　そこから、すべては始まるのだ。

　烈英やアンドリューに見送られ、正式な緑旗幇側の使者として丁波に送られた香月は、船から下りるときにはもう、後ろを振り向かなかった。

　平信がせめて一緒についていくというのも断って、香月は南海王府にひとりで向かっていた。

　護衛は不必要だと、判断していた。

香月ひとり殺しても、緑旗幇側の復讐心を掻き立てるだけで益はない。その程度の判断ができない相手では、交渉しても無意味だろう。

烈英の知る、三司官のひとり、桂夏祥という男が切れ者だというのであれば、愚かで短絡的な行為はしないだろう。

香月は身を、珊瑚細工で飾っている。

そして、南洋で手にいれた、珍しい絹の織物を仕立てあげた着物。

それと似合いのまばゆい彩りで、見ているとくらくらしてきそうな……――南の、滋養深き海の色に似た翠の宝玉で冠を作った。

翠玉姫。まるで、戯れ言みたいにつけられたあだ名を、せっかくだから生かそうと考えたまでだ。

緑旗幇の頭目の寵姫であり、まるで宰相のごとき女。その存在をほのめかす噂を流すために、しこみは例のごとく市と花街で行っている。

――私の顔を誰も知らない、南だからできることよね。

南海王府の迎えに囲まれつつ、香月は扇の陰で溜息をついていた。

――誰も私を知らないって言っても、恥ずかしいものは恥ずかしいわ……。

南洋諸島の女たちのように、鮮やかな紅を塗って、まるでどこの土地に生まれた人間かわからないようななりで、香月は交渉の場に赴こうとしている。

もっとも、ひとりとは言っても、あくまで交渉の場にいるのが香月だけという話でしかない。

香月がこうして陸に上がっている間、丁波の沖合にはずらりと船が並べられている。立派な砲を持つように見えるのは前に並べられた船だけで、それらもすべて、アンドリューのつてを頼りに集めた商船の偽装だった。

そして後列は、平信たち漁民の船を数あわせに並べている。

それでも、遠目からしたら細工はわかりはしない。

圧倒的な船団が、丁波の沖に止まっている。傍(はた)からは、そう見えるだけのことだった。

港から香月も眺めてみたが、たいした威圧感だ。

香月になにかあったら、あまたの船が攻め入ると……――そういう、はったりをきかせられている。

とりあえず、打てる手は打っていた。

いくら死んでもいいつもりの交渉でも、香月は命を浪費するつもりはない。お金だろうが、命だろうが、無駄遣いは嫌いだ。

それに、この国の片隅にいずれ生まれる小さな国の誕生を、できれば生きて見守りたかった。

「ようこそ。あなたが、翠玉姫か。なるほど、噂どおりに美しい」

そういう自分も、なかなか美しい顔立ちをした男が、南海王府の王宮では香月を出迎えた。

彼は、南海王の三司官のひとりである、桂夏祥。烈英に油断がならないと言われていた男だった。

アンドリューとは違って、惠の国の北西の険しい山岳地帯をこえていく、絹の道の民の血が、入り交じったような顔立ちだ。

まるで空みたいな色をした瞳が、印象的だった。

「できれば、無粋な政治の話ではなく、あなたの珊瑚色のくちびるが恋の詩を紡ぐところを聞いてみたい」

真摯な眼差しで、祥は囁きかけてくる。

――扇で顔を隠しているのに、なに言ってんの。

心の中で突っ込みを入れつつも、その扇の端からちらりと笑顔が覗くように、笑ってみせる。

色仕掛けは効かないだろうという話だったが、反応はどうだろう、と。

祥は、大仰な仕草で溜息をついた。

「ああ、ひどい人だ。そんな笑顔で私の心をかき乱すのに、扇で私との距離を作ったままだなんて。こうして、御簾を隔てることなく会う間柄だというのに」

芝居がかった男に、香月は匙を投げた。

――駄目だこりゃ。

祥について語っていたときの烈英の持ってまわったような口ぶりの理由が、理解できたような気がする。

たしかに、これはやりやすいようで、やりにくい。

――烈英は、本当にこの人と友達だったのかしら？

彼は廷臣になるべく育てられたようだから、学校の友人かなにかなのだろうか。

あの烈英と、この祥で、会話が成立するものかどうか。

「本当に交渉するつもりがあるのかどうか、疑わしいわ」

仕方がないので、香月は単刀直入に言う。

こういう手合いの世迷い言につきあっていては、まとまる話もまとまらない気が、した。

──まとめる気はないという、可能性もあるかもね。

交渉の全権を、香月が委ねられている。

方針はただひとつ、緑旗幇の利益をもぎとることだけだ。

──この好機を逃すつもりはない。……でも、交渉決裂もさせないわ。南海王府が、どう考えているのかは、わからないけれど。

中原と南海王府は、いったいどういう協議を行ったのだろうか。

手のうちが読めないので、緑旗幇側の譲れない一線だけは作って、こうして香月は会合に至っている。

「私とあなたは、妥協をして、取引を成立させるために会ったのよ」

「ああ、嘆かわしい！　あなたの珊瑚のように美しいくちびるから、『妥協』などという、無粋な単語が出てくるとは！」

死ぬほどどうでもいい。そう思いつつ、香月は咳払いする。

そして、冷ややかに言い放った。

「無粋な女でごめんなさい」

我ながら魂の入っていない謝罪で、祥の大仰な嘆きを流すと、香月は用件を切り出した。

「──こちらの条件としては、海賊の活動をやめるのであれば、糊口をしのぐために領地が必須。ついては、頭領を公に封じてもらいたいの。要求はそれだけで、簡単でしょう」

「大胆な発想には、敬意を表しますよ」

満面の笑みをかき消して、祥はじっと香月を見据える。

そして、真摯な表情で、呟いた。

「つまり、烈英は自分の国を取り戻したいということか」

「……！」

思わず扇を取り落としそうになり、香月は指に力を入れる。

――どうして、烈英の名を？

声は出さない。

扇の陰で、香月は沈黙を守る。

それにしても、危うかった。

今のは、完全に不意をつかれた。

「おや、あなたは口が堅いようだ。なかなか、感心なご婦人だ」

くくっと、喉の奥で祥は笑う。

「でも、隠さなくていいんですよ」

猫撫で声と言っていいくらい、やけに優しい声で祥は囁く。

「どうも、漁民崩れの海賊にしては、緑旗幇の指揮が軍人のようでね……。少し、過去の傾向も含め、記録を調べさせてもらった」

香月は、扇をゆるやかに仰ぐ。

そうすると、たきしめた香が漂って、少し気持ちが落ち着いた。

——やるじゃない。

海賊との交戦記録を、どの程度南海王府がきちんと管理しているかは、わからない。だが、少なくとも祥が来てからは、報告書を上げさせているように感じられた。

「戦法が洗練されているだけではなく、戦時でも兵を赤子のごとく慈しんでいる。孫子に背くような、そういう兵法を好むくせに結果を出せる男が、そういえばこの南で行方不明になっていたということを思い出しましてね……」

にこやかに、祥は微笑んだ。

「烈英という、気のいい男でした」

「お友達？」

香月は、小さく首を傾げてみせる。

内心では、目一杯警戒しつつ。

——この男、見た目どおりの軽薄な女好きじゃないのね。

なるほど、切れ者だ。

色仕掛けなんかしたら、そのままいただかれてしまうだろう。

そして、いただかれてしまった上で、きっと踏みつけにされる。

微笑んでいても、そういう酷薄さを感じる。

わざとらしい、見え見えの演技さえしていなければ、アンドリューに近い匂いを感じた。

「いわゆる学友ですよ。私も彼も、今の皇帝陛下のね」

祥は、懐かしげな表情になる。

極端なほどに、喜怒哀楽が豊かな男だ。

けれども、親しみはもてない。

警戒心が、募っていく。

「ああ、いとおしい烈英！」

天を仰いで、祥は嘆息する。

「なぜ海賊になんてなってしまったのか！　竹馬の友と剣を交えることになるなんて、物語のようだ」

「……そう」

相槌（あいづち）を打ってやっただけ、親切だと思ってほしい。

芝居めいた言動に、いちいちつきあってやる義理はない。

──そんなこと、わかっていそうなものなのに。

祥がふざけた態度を装っているのは、いったいなんのためなんだろうか。見え見えの欺瞞(ぎまん)だと、こちらに伝わっていることくらい、理解の上なのだろうけど。

あるいは、こうして勘ぐらせることだけが目的なのか。

「あなたは冷静な人だ」

にっと、祥は口の端を上げてくる。

大きく表情が変わるたびに、作り物めいた雰囲気が濃くなる。

彼の本意がどこにあるのか、人を観察することに慣れているはずの、香月にもわからなくなりそうだ。

「そして、沈黙という賢い選択を知っている」

褒め言葉を並べ立てられて、香月は扇の陰から秋波を送った。

なにも本気にしたわけではなく、おつきあいだ。

──もっとも、これだけ口の滑りがよくとも、本当のことは絶対に言いそうにないわよね、こういう人って。

もしかしたら、口にしていることすべて、ふざけた嘘なのかもしれない。人を、そうやって疑心暗鬼に追いやっているのなら、上手い。

「……実に素晴らしい女性だ」

手を握らんばかりの距離に近づいてきて、祥はそっと香月に耳打ちをしてきた。

「よかったら、私の側室になりませんか？　上手くいくと、南海王の寵愛も一緒に受けられますよ」

それは果たして、人に勧められるような話なのだろうか。

香月は、つい眉を顰めてしまう。

「……あなたと南海王は、わりとろくでもない関係なのね」

思いっきり素で、香月は呟いた。

南海王燎梓恩が政にまったく興味がなくて、三司官になにもかも丸投げしているとは聞いていたが、私生活でもべったりしているらしい。

というか、関係性が気持ち悪い。

「ろくでもない……」

くくっと笑いながら、祥は鸚鵡返しになる。

「私たちは、ふたりとも楽しいことが大好きなんですよ。どうせ滅んでしまうなら、最後まで楽しくやっていたいでしょう？」

「……」

扇をずらして、香月はちらりと目を見せる。

そして、じっと祥を見据えた。

——この人は、破滅的なのかしら。そして、南海王も……。

滅ぶなどという言葉は、三司官の立場で、軽々しく口にしていいものではないだろうに。

祥は、冷め切った表情をしている。

女性と戯れるときも、彼はこんな顔をしているのだろうか。

ふと、香月は考える。

常に破滅を見つめている彼は、ひとときの夢に酔いたくても、上手に酔えない人なのかもしれない。

「もっとも、『その日』が来るのは、できるだけ先であってほしいとは思っています。……だから、あなたを招いたんですよ」

祥は、柔和な表情になる。

「国の終わり」という現実と向き合いつつも、そのときそのときでできることをやる……——それが、彼の考え方なのかもしれない。

それならば、彼もまた味方に引き込める可能性はある。

香月は、そう考えていた。

「『その日』まで、楽しいことを続けるにも、お金が必要でしょう？」

「……そういう反応をされるとは、思いませんでした」

祥は腕組みをすると、しげしげと香月を見つめてくる。

はじめて、香月に興味を持ったと言わんばかりに。

──そうよ、今までの態度はどう考えても、まっとうに私に興味を持っている感じではなかったわ。

香月は、得心していた。

──ようやく、交渉相手として認めてもらえたのかしら。

これまでの会話に、真実はあったのかどうか。

それすらも、わからなくなってきた。

「私は交渉しに来たのよ」

香月は、念を押す。

「あなたたちにとっても、美味しい話がないと……。そんなの、交渉にならないじゃない。天秤のお皿には、同じ大きさのものを載せないとね」

商いの基本だと、香月は付け加える。

「なるほど……。あなたは確かに、交渉相手にふさわしい。自分なりの規範を決めている人は、取引がしやすいですね」

納得したように、祥は呟く。

「それでは、あなたは何を天秤の片側に載せてくれるんですか?」

「税金」

きっぱりと、香月は言う。

「税金?」

「どうせ、南海王府の徴税すらままならない状態なんでしょう? あなたは切れ者と聞くけれども、まだ赴任して間もない。あっちもこっちも立て直さなくちゃいけなくて、大変なはずよ」

ぱちんと音を鳴らすように、香月は扇を閉じる。

顔を露(あら)わにして、にっこりと微笑んでみせた。

「それを、私たちが手伝ってあげる」

「……素晴らしい」

祥は、にんまりと笑う。

「想像以上ですよ、翠玉姫」

「その名前は……、いえ、なんでもないわ」

香月は、軽く肩を竦めた。

――やっぱり、この二つ名恥ずかしすぎる……。

呼ばれたくないと言っていた名前を名乗る羽目になった滑稽さを差し引いても、きらきらすぎて恥ずかしい。

そして、目の前の男は、香月の半分くらいは羞恥心を持ってほしかった。

「ぜひ、私の寵姫に」

恥ずかしげもなく、祥は誘いをかけてくる。

「お断りします」

「海賊の情婦だった経験など、私は気にしません。あなたの美しさと面白さ……、いいえ賢さでおつりがきます」

どこまで本気かわからないことを、祥は言う。

ただ、面白がられているのは本当なのかもしれない、と香月は思った。

――悪い話じゃないわ。

寵姫になるなんてごめんだ。

でも、面白がられているということは、香月は祥に興味をもたれたのだ。

それならば、少しはこちらの言葉に、彼も聞く耳を持つだろう。

聞き入れる気はなくとも、声は届く。

そして、彼の考えに影響を与えることができるかもしれない。

――損をさせるつもりはないもの。それなりに、美味しい想いはできると、まともな判断力があるなら考えられるはずだわ。

香月はもう一度、扇を顔の前で開いた。

「結構よ。……私、家の奥に籠もっているのには向かないの」

それは駆け引きのための拒絶ではなくて、香月の本心でもあった。

香月はもとより、奥で家を支える立場には向いていない。高級官僚の寵姫など、なおのことだ。

「実に惜しい」

大げさに嘆くことを、祥はやめたらしい。

ようやく話を聞く気になったのだろうか。

「ごめんなさい。でも、一緒にお仕事をすることはできると思うのよ」

ぱちんと音を立てて扇を鳴らし、香月はにこやかに祥へと微笑みかけた。

「……なるほど、あなたとの仕事は魅力的かもしれない。その綺麗な顔を眺められるのであれば」

「そう？」

「だが、魅力的すぎて、帰したくなる」

目が笑っていない。

だが、口元だけは微笑ませて、祥は嘯(うそぶ)いていた。

――衛士は、周りを囲んでいる。たしかに、私を取り押さえるのはたやすいわね。でも、私を人質にするのは悪手よ。

祥も、海賊の情婦ひとり捕らえたところで、どうにもならないことはわかっているはずだ。

それならば、これは脅しだろうか。

脅しでも、脅しじゃなくても、香月のやることはひとつだけだ。

「そのときは、この王府の建物の壁が吹き飛ぶわね」

にっこりと、香月は笑った。

「……どういうことだ？」

祥の雰囲気が、がらっと変わる。

それまでの彼は、警戒の素振りも見せていなかった。

香月は身一つで交渉に来ているのだから、当然なのかもしれない。

しかし今、祥は、その身一つの香月を本気で警戒してかかってきている。

——いい勘ね。政をする者には必要だわ。

香月は、つくづくと祥を見つめる。

この男は、どんなときに本気になるべきか、よくわかっているようだ。

「……そのうちわかるわ」

香月がにんまりと微笑んだ、そのとき……——どーんと、大きな音が響いた。

香月は心の中で、静かに数を数えはじめる。八まで数えところで、激しい崩落音が聞こえてきた。

「な……っ！」

「ああ、命中したみたい」

香月は、ひらりと扇を開く。

「最新の砲があるの。ここみたいに、海から攻め入られることを考えていない、海がよく見える王宮なんて、狙い放題よ」

ひとつしかないとは言わない。

どこから調達したとも、言うつもりはない。

　――本当は私たちのじゃなくて、アンドリューを通して呼んだ船のおかげなんだけどね。

……きっといずれ、この国を切り取りにかかる外つ国の人々の。

　まるで鴨の丸焼きみたいだと、香月は思う。

　美味しいところから、この国は切り取られていく。

　でも、その前に、ひとつの大きなまとまりになれるのであれば。つまみ食いなどできないほど、強大になるのであれば……――これは、賭だ。

　外から来た人につまみ食いされるより先に、内側から食べて、滋養にしてしまえばいい。

　新しく、生まれてくる国のために。

　香月にとっては、乗らないよりずっといい賭だった。

「まさか……！」

　顔色を変え、祥は腰を浮かせた。

「……この王宮は、だから気に入らなかったんだ」

　祥は、小さな声で呟く。

　それがなにを意味しているのか、香月にはわからなかった。

　だが、彼は享楽的なだけの男ではないようだ。むしろ、享楽と愉悦とに、本質を埋もれさせてしまっているだけのようだ。

「桂夏卿、たいへんです！　海賊が、砲弾を……！　あんなに遠距離から届くなんて！　どこに逃げればいいでしょうか？」

衛士たちが、部屋の中に駆け込んでくる。

すっかり浮き足立っている彼らは、口々に逃げ場所を求め叫んでいる。

――とことん駄目ね。やっぱり、一度壊れて作り直したほうがいいわね。

香月は、しかめっ面になる。

開口一番、兵も官も逃げることを口にするなんて。

もはや、戦う気概も見られない。

――でも、おかげでやりやすいわ。

こういう官の機嫌をとるために、香月の母は死に追いやられた。それを思うと、むなしさがこみあげてきそうだったけれど。

しかし香月は、もう泣いて、守られるばかりの子どもではなくなっている。

失われたものを惜しむだけでも、いられない。

「交渉が成立すれば、これ以上、砲弾は飛んでこないわよ。でも、交渉が長引けば長引くほど、あの砲弾は飛んでくる。一刻に一回、ね」

香月は椅子から立つこともなく、静かに祥へと告げた。

「そんなに美しい顔をしているのに、随分と情け容赦のない真似をされる」

「性分よ」

あっさりと受け流して、祥を見据える。

「さあ、我慢くらべをはじめましょう」

香月は、広げた扇で口元を隠した。

＊　　＊　　＊

香月の言葉は、脅しではない。

一刻、また一刻と経つごとに、砲弾は王宮に撃ち込まれる。

大きな音と地響きがするたびに、王宮のあちらこちらから悲鳴が聞こえてきた。

それでも、香月は動かなかった。

――どうせ、南海王府にはろくな船がない。士気も低い。……というか、指揮を執るべき人たちが逃げ出していっちゃっているみたいだし、どうしようもないわね。

もしも、砲撃をとめるために向かう兵がいたとしても、船まで辿り(たど)つくのは容易ではないはずだ。

平信たちも、与えられた武器を手にとっている。

漁民とはいえ、彼らも一時期は、海賊として暴れまわっていた人たちだ。荒事には、慣れているだろう。

それにしても、南海王府の衛士たちが、想像以上に情けなくて驚いた。

ちらりと、香月は祥を一瞥（いちべつ）する。

――部下が悲鳴を上げて逃げ出しているというのに、動じないのは尊敬するわよ。

それどころか、脅しの砲撃が重なるうちに、祥も落ち着きを取り戻したらしく、ふてぶてしい微笑みを浮かべていた。

「これは……。もしかしたらそのうち、私たちも砲弾の犠牲になるんでしょうか」

「そうかもね」

「あなたは、その覚悟で？」

祥は、小さく首を傾げた。

「そうね。できれば死にたくないけれど、こちらとしても死活問題ですもの」

「……なるほど、わかりました」

祥は、深々と頷（うなず）いた。

「かくなる上は、残された時間は少ない」

真剣な表情になった祥は、いきなり香月との距離を詰めてきた。
「すなわち、愛し合うことくらいしかできないですね」
「……っ、なに考えてるのよ！」
手首を掴まれて、さすがに香月も腰を浮かせる。
ここまで切れ者と切れた者の間を行ったり来たりする男だとは、考えてもみなかった。
香月は、さっと顔色を変えた。
いくらなんでも、これは想定していない。
――気持ち悪い。
脳裏を、遠い記憶が蘇る。
着飾らされた、母李春雨。
彼女を見つめる、男たち。
「ああ、娘も愛らしいな」そう言って、伸ばされてきた手。
……にぎられた、指先。
動悸が激しい。
闇雲に突き上げてきたのは、凍えた心で静かに眠っていた恐怖だった。
「や……っ」

平静を保つことができなくて、香月は身を捩る――。
そのときだ。

「その手を放せ！」

香月に迫ってきていた祥が、その声を聞いた途端に身をかわす。
思いがけず、俊敏だ。
香月は、思わず扇で口元を隠した。
――なんであなたがここに来るのよ。烈英！
声の主は、間違いようもない。
言葉にして罵ってやりたかったが、どうにか押し黙る。
ここに頭目が来ていることをしられたら、大問題だ。
顔を隠した烈英の背後には……――懐かしい顔が見えた。
寧々だ。
彼女は中原に帰されたあと、この城に勤めに出ていたのだ。
それも、少しでも香月の近くにいるために。

役にたつために。

男嫌いの彼女なのに、祥やその主たる南海王のような女好きに仕えて王宮の情報を流してくれていたのだ。

あやういところまで近づいても、どうにか彼らをかわしながら。

――ありがとう、私を助けてくれて。

もはや、彼女とは言葉をかわすことはないだろう。

だから、せめて心の中で呟く。

目と目が合うと、寧々は嬉しそうに笑ったが、声も立てずに消えていった。

烈英の道案内だけを、しに来たのだろう。

彼女は、よく自分の役割を心得ていた。

烈英は、無言で祥に剣を向ける。

正体がばれているとしても、彼は沈黙を貫く気のようだ。

もしかして、話をすることで、祥に丸め込まれることを警戒しているのかもしれない。

――へたに会話をすると、全部もっていかれてしまいそうよね。特に、烈英の性格だと。

香月はじっと、成り行きを見守っていた。

「我が友、烈英！」

祥は熱をこめて、烈英に呼びかけた。

「その太刀筋は間違いない。欺瞞はやめたまえ。自分の寵姫の危機を見過ごすような男ではないと、信じていたよ」

祥は、満面の笑みを浮かべた。

「……たとえ、海賊にまで堕ちようとも、人の性根はそうそう変わるものでもない。そうだろう？」

祥の言葉は挑発的だ。

そして、沈黙などなんの意味もないのだと、重ねて告げてくる。

対して、烈英は無言のままだ。

沈黙のうちにでも香月を守るという、強い意思だけは伝わってきた。

「語ろうじゃないか、友よ。私は、これでも君に期待して……——だから、南海王府の三司官の地位を受けたんだよ。今回だって、君が最初から出てきてくれたら、話のとおりは早かったのに」

祥の言葉は、どこまで本気なのか。

とりあえず、彼が香月を交渉相手として不足に思っていたのは、よくわかった。

——でも、ここでしゃべるのは、私の役目よ。

香月は、祥と烈英の間に割って入る。

「あなたのお友達が海賊の仲間になったかどうかなんて、海賊を全員海から陸に揚げてしまえばわかる話よ。でも、そのためには土地を用意してもらうわ」

香月は、無理矢理封冊の話に引きずり戻そうとする。

祥が不満に思おうと、知ったことか。

「あなただって、楽しく生きていくために、お金は必要でしょう?」

くすぐるような柔らかい声で、香月は祥に囁きかける。

「税をとれない土地なんて、後生大事に抱えこんでいたって、一銭にもならないわよ。肥え太らせて、上澄みを掬ったほうがいいわよ」

香月なら、肥え太らせる自信がある。

——島に匿っていた民は、使えるわ。……彼らを新しい土地に入植させて、そして計画的に作付けさせる。農作物ができない時期には、家内で手工業をするということも可能だわ。

統率がとれた領民は、頼もしいものだ。

彼らへの期待をこめて、香月は強気の税収計画を立てていた。

香月は、用意してきた帳面を祥につきつける。

「すぐには返事を要求しない。でも、吟味してみれば、あなたたちにも得だとわかるはずよ。ほしいのは、村人が逃げて、荒れ果てた土地ですもの。そのままじゃ、なんの役にも立たないでしょ？」

そして、その土地こそ、島の民たちがかつて暮らしていた場所だ。

しれっとした顔で、香月とともに彼らはもとの暮らしに戻る。

いや、元よりも、よりよい暮らしになるよう、香月たちも最大限努力をするつもりでいた。

「……まさか、領地を治めるための方策の立案書を渡されるとは思いませんでしたよ。風変わりな求愛だ」

祥は、面食らっている。

ここで帳面が出てくるとは思わなかったという顔をしていた。

祥としては、烈英との友情は変わらず、彼となら語りあう用意があるとほのめかしているのだ。それだけ譲歩すれば十分だし、烈英も正体を明かすだろうと考えていたのかもしれない。

――でも、残念ながら、そんなものはあてにできないのよ。友情だのなんだのという情緒的なものはね。

もしかしたら、祥には特に企(たくら)みなどがなくて、本当に友人の言葉なら耳を傾けるつもりでいるのかもしれない。

だが、そんなものに縋(すが)るつもりはなかった。

それよりも、もっと確かで、現実的な判断を、香月は求めている。

「私たちに土地を与えた場合の、商業と畑作の計画書、そして三年後に期待できる税収の計算書なの。愛はこめたから、受け取ってね」

香月はぱちんと扇を鳴らす。

「さあ、これと引き換えに国を売りなさい」

香月の言葉に、祥は目を丸くする。

だが、やがて彼は満足そうに笑った。

＊　＊　＊

「――陽光を受けて輝く白亜の王宮が……。ごらん、こんなにも汚されてしまったよ」

海賊たちが去ったあと、執務室にひとりの青年が入ってくる。

砲弾で王宮が崩される最中も、花園で遊びまわっていたのだろう。彼からは、花の香りがしていた。

「……殿下」

祥は、臣従の礼をとる。

「素晴らしいね。美しいものが脆く壊れるということが、こんなにも心躍るものとは思わなかった。一年ぐらい放置したら、豪奢な廃墟になりそうだ」

浮き浮きと、楽しげな口調で、南海王燎梓恩は言う。

華奢な容姿の青年だ。

そして瞳は夢を見るように、いつでも霞がかっている。

彼は、まったく政に興味を持たない。

ただ、美しいものだけを好んでいる。

美しいものが、壊れていく様を、とりわけ愛していた。

崩壊も逸脱も、彼にとっては美そのものだ。

海賊の砲撃でぼろぼろになった王宮を、彼は満足そうに見回していた。

狂った王は、祥にとっては都合がいい。

他の三司官は、とうの昔に南海王府を諦めていた。外つ国にも接している南江地域は、どれだけ努力したところで崩壊を止められない、と。

彼らは王宮にすら出てこない。

おかげで、実権は祥の手にある。

――たしかに、このままでは崩壊は止められない。

若い頃から宮城で暮らしていた祥にも、それは痛いほどわかっている。

だが、どれだけ結末がわかりきったことでも、一日一日を愛おしみ、崩壊を少しでも先に伸ばそうとするのは間違っているだろうか。

――私は、もう少し楽しんでいたい。

手にした帳面の、重みを感じる。

これは劇薬だ。

だが、延命のための処方箋にもなりうるかもしれない。

なにせ、かつて同じようなものを見て、そして憤った友の采配なのだから。

——友だから信じるとは、言わない。だが、これは興味を持つにふさわしいものだ。

……烈英。

祥は、口の端を上げる。

南江くんだりまで、来た甲斐があった。

「ところで、なにが起こっているんだろう？」

祥の報告など忘れた顔で、梓恩は首を傾げている。

「やたら、今日は騒がしい。花たちも散ってしまったよ」

「南方から、強い突風が吹き付けてきたようです」

祥は恭しく梓恩に報告する。

こういう言い回しのほうが、彼の頭には入りやすい。

「それは、実りすぎた果実を落とすほど強い風かな」

狂気と正気の狭間、まるで託宣のように梓恩は呟いた。

「あるいは、将来そうなるかもしれません」

「ところで、祥が手にしているのは何？」

「……希望ですよ」

祥は呟く。

ついつい、笑ってしまいそうだった。

「それは美しいものかな」

「それを信じるものにとっては」

「ふうん」

興味なさげに相槌を打った梓恩は、窓の方を眺める。

「船が見えるね」

崩れた壁から吹き抜けていく風に、彼は心地よげに目をほそめた。

＊　＊　＊

小舟から母船へ。

甲板に上げられて、ようやく香月は息をつくことができた。

「無事でよかった」

出迎えたアンドリューは、ほっとしたように呟く。

今回の彼は、裏方に徹してくれた。

南洋の諸島で、ありったけの商船を掻き集め、湾に集めて……——おかげで、脅しもはったりだと見抜かれずにすんだようなものだ。

ただ、代償は大きい。

——島の珊瑚細工の利益は、向こう三年くらいないも同然かも……。

ここが一番の勝負所だからと、かなり無理な取引を通した。

成功したからよかったものの、他人を巻き込む賭などはするものではない。

「アンドリュー、あなたのおかげよ」

香月は微笑んだ。

「……あなたのおかげでもありますよ、香月。あなたの後押しがなければ、私は商船の助力など、考えたりはしませんでした」

アンドリューは、肩を竦める。

「対価は必要だったとはいえ、我々にとっては幸運な展開になりました」

「国ができたら、今回協力してくれた船たちとは、優遇した交易をすることになっているわ。向こうだけが得をしない方法を、私たちも考えなくては」

「あなたらしい、前向きさだ」

「得がないと、選んでもらえないでしょう」

「そうですね」

「……もちろん、あなたの母国の船も歓迎するわよ」

いやみではなく、本気で香月は言う。

今回の作戦に、アンドリューは母国の船を利用していないようだ。注意深く見てみたものの、彼が助力を頼んだ商船三隻に、緑旗幇の所有する船と同じ印がついているものはひとつもなかった。

狭間に立つ男が、どちらを選んだのか。本音のところはわからない。でも、母国の船がなかったことは、ひとつの回答と思ってもいいのだろうか。

「もっともっと、肥え太ってからにしてもらいますよ」

アンドリューは、思わせぶりに笑っている。

「……それならそうと、もっと烈英を大事にしてよ。まさか、本人が乗り込んでくるとは、思いもよらなかったわよ。何事かと思ったじゃない」

平信に抱きつかれている烈英を横目で見て、香月は溜息をついた。

「なんで止めなかったの」

「いざとなったら、烈英は果断ですから」

「そうは言ってもね……」

「砲で支援が入る予定だったし、どうにでもなると思っていましたし――」

アンドリューは、烈英へ視線を移した。

「私は、烈英を信じているので」

「よく言うわ……」

香月は、つい笑ってしまった。

「どうした、香月。そして、アンドリュー。なにか、楽しいことがあったのか？」

香月とアンドリューが話し込んでいることに気がついたのか、烈英が寄ってくる。

「作戦が成功したから、笑いたくもなるわ」

「ああ、そうだな。お互い無事でよかった」

「軽率さは、謹んでほしいな。大事な体だ」

アンドリューの言葉に、烈英は笑う。

「……これからも、アンドリューにそう言ってもらえるように努めようじゃないか」

烈英は、アンドリューと香月の肩を叩いて、そのまま去っていく。

思わず、香月はアンドリューを見つめた。

「全部わかっているって、言われたようなものじゃない？」

「……」

アンドリューは、頭を横に振る。

「天然で言われているのか、それとも見透かされているのか、さっぱりわからないな」

「烈英のことだから、あなたの思惑がどうであれ、力を貸してもらっていることに感謝しているのは間違いないわね。……ああやって素直に感謝されたら、裏切るときにも良心が咎めるっていうことも、ついでにわかっているのかしら」

「……私は彼を侮ったことは一度もない。しかし、それを通りこして、空恐ろしいと思うこともあります」

ぽつりと呟いたアンドリューの言葉に、香月は小さく笑ってしまう。

「……そう。怖いほど、胸がどきどきして、楽しいじゃない」

「あなたらしい」

「私は好きよ、この船。これからも、どうなっていくのか想像するだけで高揚する」

香月は空を見上げる。

家の奥に籠もっているだけでは、きっとこの快感を得ることはできなかった。

これほどに自由で、そのくせ拠り所になる場所を、知ることもなかったに違いない。

空に向かって、手を伸ばす。

なにも持たない指先は、なにものだって掴みとることができるのだ。

それが、気持ちよくて仕方がなかった。

終　章

南海王府から中原への進言により、あらたに極南公の称号が作られたのは、一ヶ月後のことだった。

香月は、壊れた王宮の片隅に、仮に設けられた執務室へと呼ばれていた。

王宮は、修理をされていないらしい。

ほぼ応急処置だけで、形を保っている。

近々、もっと内陸へ引っ越すのだという噂を、香月は聞いていた。

執務室に案内してくれた侍女の中には、寧々がいた。彼女と視線があったとき、香月は軽く頷くだけに留めた。

――大丈夫よ。

すべてが上手くいくわけではないと、わかっている。

でも、上手くいくように、物事を動かそうという意思はある。そして、意思を形にできるだけの環境が、今の香月にはあった。

執務室では、祥以外にも、彼よりさらに高位に当たる男が待ち受けていた。

「僕が南海王だよ」

どこを見てるのかわからない、茫洋とした表情の青年は、まったく興味がなさそうな表情で、香月を見ていた。

「君は綺麗だけれど、僕の好みじゃないなあ。生き生きしすぎている」

残念そうに、南海王を名乗る男は呟いた。

片手で筒を弄んでいた彼は、ふと気づいたようにそれを香月に差し出してきた。

「これが、君たちへ、中原からの勅許状」

彼は、小さく笑う。

「こんなものを欲しがるなんて、面白いねえ」

そう言って、彼は無造作に筒を押しつけてきた。

たかが、紙切れ一枚だ。

でも、香月たちには必要なものだった。

「受け取りなさい。あなた方の戦果だ」

祥は、艶やかに笑う。

「極南公と号するが……、特例として名前を入れていない」

「……ありがとう」

任命状の名前の欄は空白になっている。

ここに、書状を預かった緑旗幇側で烈英の名を入れることになる。

烈英の正体は、今はまだ伏してある。

中原からの勅許状は「緑旗幇の頭目を極南公に封じる」という、個人というよりも組織の頭に対しての勅令だった。

祥は、楽しそうな表情だった。

「国というものは、作ったあとの維持が大変なものですよ。手に余る玩具です。そんなものを欲しがるなんて、あなたたちは物好きだ」

「私はもう、毎日を浪費するのに飽きていたの。……なにかを作りだすのがすごく楽しいってことに、目覚めてしまったのよ」

香月は、勅許状を大事に胸に抱きかかえた。

手にある玩具でも、構わない。

――帰ろう、私たちの家を作るために。

香月は微笑んで、一歩、前へと進んだ。

恵(けい)の国の末期――。

南方の大河である南江(なんこう)の流域に封じられた極南と呼ばれる小さな公領に、簾中(れんちゅう)で政を行った公がいたという記録がある。

欧州列強の進出が激しい時代、混迷する恵の国の崩壊間際に彗星(すいせい)のごとく現れた極南公は、やがて次代の覇者となる。

武勇だけではなく、商いと政の才能を持って知られた初代の極南公。

彼は、いくつもの伝説に彩られていた。

そのうちの一つにいわく、夫を失った花嫁であった、と。

おわり

あとがき

はじめまして、こんにちは。柊平(くいびら)ハルモと申します。このたびは、『翠玉姫演義』をお手にとってくださいまして、ありがとうございました。

中国の時代ものというよりは、ミラクル中国の時代ファンタジーという感じですが、キャラクター中心の、楽しく読んでいただけるお話を目指して書いた小説です。ですので、気楽にお手にとって、楽しんでいただけたら嬉(うれ)しく思います。


私はもともと、恋愛ものジャンルでの仕事をメインにしていまして、違うペンネームでライトノベルを書いたりノベライズを担当したこともあるのですが、今回のように恋愛がメインではないお話を書いたのは、ゲームシナリオを除くとはじめてです。

いつもなら、男性キャラを書くときには「ヒロインの恋愛対象になる人」みたいなことを意識したり、お話の盛り上げは恋愛の盛り上げに重ねる、ということを考えながらストーリーを組むのですが、今回はそういう意識はなく書いたので、新鮮な経験でした。

キャッシュでたくましい女主人公と、彼女を取り巻く義賊気取りの海賊たち（キャッチが脳筋義賊になっていて、ぴったりですが大爆笑してしまいました……。担当さん容赦ない）のささやかな野望が達成されていく姿を、最後まで見届けていただけたら嬉しく思います。

実は、もともと男主人公のバディものを書きませんか、というお話をいただいていたのですが、私の私的事情のため年単位で間があいてしまい、あらためて打ち合わせをしたときに、女主人公で時代ものを書くことになって、それをきっかけに今回のお話を考えました。

私はもともとヨーロッパ史、その中でも英国史が好きなのですが、近代史の本を読んでいるとちらちら出てくるヨーロッパから見た中国というのが面白いなあと思っていて、最初は英国舞台のお話を考えていました。そのあと、話し合いの結果中国ものとなりましたが、作中のカタカナ名のキャラは、最初に考えていたお話の名残です。作中舞台の国が架空の場所ですので、英国っていうよりも、英国のようなどこかの国の人としての登場になっていますが。

架空の場所といえば、時代ファンタジーにしたかったので、周囲の国や組織も、モデルはあるけれど架空のもので、めちゃくちゃ都合よくアレンジしていますが、本当はジャカルタとか大英帝国とか東インド会社とかキリスト教とか書けたら楽だなあと思いながら書いていました。

こういう時代ファンタジーは舞台設定を作るのもお話を書くのも楽しいので、また機会があったら、ぜひ書いてみたいです。中国も楽しいですが、ウィーン会議あたりとか、アメリカ独立戦争直後の新政府ができるあたりのごたごたも面白いので（今、舞台のハミルトンが大人気みたいだし、アメリカ史人気が来るといいのに）、いつかお話として面白くアレンジできるようなら書いてみたいです。

この本が出るまでに、いろんな方に手助けしていただきました。

イラストレーターの雨壱絵穹先生、お忙しい中、このたびは本当にお世話になりました。担当さまにご紹介していただいて、生き生きとしたイラストに一目惚れでした。美しい装画をありがとうございます。

本当は年単位で前に出ているはずでしたのに、私の家庭の事情などで進行が大幅にずれこんでしまったこの本に、延々とおつきあいくださいました担当さま、本当にありがとうございます。お話をしているうちにアイデアが湧いたり、軌道修正した部分も多く、ストーリーが今のかたちになったのも、担当さまあってのことだと思っております。ご縁がありましたら、またぜひよろしくお願いいたします。

さて、最後になりましたが、この本をお手にとってくださいました皆さまに、あらためて御礼を申しあげさせてくださいませ。

キャラクター文芸というジャンルのお仕事は初めてですので、手探りでお話やキャラクターを作りました。かなり好きにやらせていただいた部分も多いので、ちょっとでもこのお話を気に入っていただけたら嬉しく思います。

最後までおつきあいくださいまして、本当にありがとうございました。

それでは、またどこかでお会いできますように。

お便りはこちらまで

〒一〇二―八五八四
富士見L文庫編集部　気付
柊平ハルモ（様）宛
雨壱絵穹（様）宛

富士見Ｌ文庫

翠玉姫演義（すいぎょくきえんぎ）
―宝珠（ほうじゅ）の海（うみ）の花嫁（はなよめ）―

柊平（くいびら）ハルモ

平成28年10月20日　初版発行
平成28年11月５日　再版発行

発行者　三坂泰二
発　行　株式会社KADOKAWA　http://www.kadokawa.co.jp/
〒102-8177　東京都千代田区富士見2-13-3
電話　0570-002-301（カスタマーサポート・ナビダイヤル）
受付時間　9:00〜17:00（土日祝日年末年始を除く）

印刷所　旭印刷
製本所　本間製本
装丁者　西村弘美

定価はカバーに表示してあります。

ISBN 978-4-04-072068-5 C0193　©Harumo Kuibira 2016　Printed in Japan

雪村花菜
イラスト／桐矢隆

これは、千年先まで名を残す「型破り」な皇后の後宮物語

【既刊】
1巻～4巻
【外伝】
第零幕　一、伝説のはじまり

女性ながら最強の軍人として名を馳せていた小玉。だが、何の因果か、30歳を過ぎても独身だった彼女が皇后に選ばれ、女の嫉妬と欲望渦巻く後宮「紅霞宮」に入ることになり――!?
第二回ラノベ文芸賞金賞受賞作。

富士見L文庫

荒廃した国、苦しむ民――
姉妹が国を救うグランドロマン開幕！

依頼は猫探しに
犬の飼い主探し？
私は弁護士ですが!?

富士見L文庫

かくりよの宿飯

友麻 碧
イラスト／Laruha

祖父の借金のかたに、かくりよにある妖怪たちの宿「天神屋」へと連れてこられた女子大生・葵。大旦那である鬼への嫁入りを回避するため、彼女は、得意の料理の腕前を武器に働くことになるが――？

富士見L文庫